10km 어디쯤

# 10km 어디쯤

**발행일**  2024년 9월 2일

**지은이**  최선혜
**펴낸이**  손형국
**펴낸곳**  (주)북랩
**편집인**  선일영                    **편집**  김은수, 배진용, 김현아, 김다빈, 김부경
**디자인**  이현수, 김민하, 임진형, 안유경, 최성경    **제작**  박기성, 구성우, 이창영, 배상진
**마케팅**  김회란, 박진관
**출판등록**  2004. 12. 1(제2012-000051호)
**주소**  서울특별시 금천구 가산디지털 1로 168, 우림라이온스밸리 B동 B111호, B113~115호
**홈페이지**  www.book.co.kr
**전화번호**  (02)2026-5777                    **팩스**  (02)3159-9637

ISBN    979-11-7224-265-7 03810(종이책)        979-11-7224-266-4 05810 (전자책)

**(주)북랩** 성공출판의 파트너

북랩 홈페이지와 패밀리 사이트에서 다양한 출판 솔루션을 만나 보세요!

**홈페이지** book.co.kr  •  **블로그** blog.naver.com/essaybook  •  **출판문의** book@book.co.kr

**작가 연락처 문의 ▸ ask.book.co.kr**

작가 연락처는 개인정보이므로 북랩에서 알려드릴 수 없습니다.

최선혜 소설집

10km 오르막

SEON

북랩

목차

"건축가는 지구를 조각하는 조각가다!"

내 인생의 방향을 결정지은 말이다. 저 문장이 어떤 경로로 내 뇌리에 새겨졌는지 분명하지 않다. 하지만 문화유산이건 신축 건물이건 인상 깊은 건축물을 보면 저 말이 입에서 나왔다.

'캬~ 누구의 조각품일까!'

어릴 때부터 미술관과 전시회는 나의 놀이터였다. 떡하니 버틴 조각품은 공간을 다르게 보이게 해 주었다. 특히 건축 관련 전시는 나를 그 공간으로 끌어들였다. 엄마 손을 잡고 돌아다니다 고등학교 때부터 역전되었다. 시간만 나면 내가 엄마를 기사로 부리며 지방까지 섭렵하였다. 주거니 받거니 원칙에 따른 엄마와의 거래로 지방 행선에는 나를 위한 사적지와 엄마의 뜻을 따른 아무아무 둘레길이 추가되었다. 엄마는 길 전문가가 아니라 길을 즐기는 사람이 되었다. 이젠 아버지 손을 잡고 틈만 나면 전국에 산재한 길을 다닌다. 나는 조각가도 아니고 건축가도 아닌 건물을 짓는 기술자가 되었다. 그래도 '건축'은 건졌다.

대학의 건축과에 진학해 4학년 1학기에 건축기사 1급을 취득했다. 2

학기 말부터 남자들이 우글우글하는 건축 현장에서의 근무를 시작했다. 먼지 풀풀 날리는 그곳은 조각품을 창조하는 장소는 아니었다. 수당이 더 나오기에 젊어 한때 해보자는 마음으로 건설 현장에서 3년을 버텨냈다. 광화문에 위치한 30층 주상복합 건설 현장이었다. 내 나이보다 2배도 넘는 작업반장에게 지시하고 감독하기가 녹록지 않았다.

"김 반장님. 일 마쳤으면, 다른 공정 진행하는 데 지장이 없게 남은 자재 좀 정리하세요."
"아, 예예… 지금 합니다."

작업 뒤 자재 및 현장 정리 지시는 두어 번을 반복해야 겨우 움직인다.

"아니, 아직도 안 치우셨네요. 다음 공정 진행에 자꾸 차질 생기면 공기가 늘어나요."
"아따 마! 해요 해."

마지못해 한 귀퉁이 올이 풀려나간 쓰레기 포대를 질질 끌고 오더니 현장에 남은 쓰레기를 주섬주섬 넣었다.

"지금 실내에서 작업한다고 안전모 안 쓰기로 작정했어요? 안전모는 어디에 내동댕이쳤어요?"
"써요 써. 저기 있잖수. 저기~"

실내 현장을 점검하러 나갔더니 내장공사 팀, 도배 팀, 주방가구 팀이 저마다 휴대폰으로 음악을 틀어놓고 작업 중이다. 블루투스 스피커까지 가져와 음악을 틀어 놓았다.

"아니 현장이 무슨 관광버스예요? 아예 춤판을 벌이시죠? 안전모는 어디에 팔아먹었어요? 내가 뭔 말을 하려 해도 들리지도 않잖아요. 음악 소리 좀 줄이셔요."

내장공사 팀이 여기저기 레이저레벨을 켜놓고 작업 중이라, 빨간 파란불이 늘 비추고 있다. 음악 소리에 더해 빨간 파란 빛이 쏘아대서 정신이 하나도 없다. 은근히 묵인한다는 의미로 한마디 덧붙였다.

"뽕짝만 틀지 말고 발라드도 좀 틀어놔요."

단순 작업은 지루하기 마련이니, 음악을 들으면서 할 수밖에 없다. 노동요는 세계 어디에나 동서고금을 막론하고 있지 않은가. 도배는 경력 있는 부부가 팀으로 작업 중인데, 마스크만 쓰고 있을 뿐 안전모는 보이지도 않는다. 사실 도배 작업자들은 대개 안전모를 착용하지 않는다. 적당히 눈 감아 주지만 혹시 본사에서 나오면 내 책임이기에 모른 척할 수만은 없다.

"오늘 몇 명 나왔어요? 공기가 늦어지지 않도록 사람을 더 붙여 빨리빨리 작업해 주세요."

내가 가장 신경 쓰는 단어는 '안전'이고, 서릿발처럼 무서운 단어는 공기(工期)다. 마침 본사에서 전화가 왔다. 나는 들으란 듯이 목소리를 있는 대로 크게 냈다.

"아 네! 알았습니다. 현장 안전점검하려면 가능하면 일찍 와 주세요! 품질점검은 아무 때나 오서도 됩니다."

안전모에 VIP 글자가 박힌 본사에서 나온 점검팀이 돌아다니자, 여기저기서 그제야 안전모를 찾으러 나간다. 사실 건설 현장 각 팀의 작업반장은 협력 업체 소속이므로 불안정한 자리다. 그러니 건축기사인 나의 지시를 따르는 시늉이라도 해야 했다. 내가 건축기사라고 현장에서 갑질하는 것도 아니고, 작업자를 우습게 보아서는 더욱 아니다. 공기를 맞추고, 안전을 책임져야 하기 때문이다.

소리를 하도 질러대니 목소리가 허스키하게 변해 버렸다. 퇴근길이면 늘 목캔디 하나 물고 지하철에 오른다. 친구들은 한결같이 전화하면 먼저 물어댔다.

"너 감기 걸렸니?"
"너 목이 쉬었네!"
"너는 아들만 3형제 키우는 엄마 목소리 같다."

이런 목소리로 굳어지면 어쩌나 싶은 생각이 슬그머니 올라온다. 근무시간 내내 안전모를 쓰니 헤어스타일이고 뭐고 외모 가꾸기는 다른 세상 이야기다. 안전모 때문에 이마 한가운데 움푹 자국이 났다. 이마를 길게 가로지른 깊은 주름이 영영 회복되지 않을 것 같다.

'나중에 보톡스 맞으면 해결이 되려나…'

저녁마다 이마를 문지르며 거울을 들여다본다.

"너한테서 이 무슨 퀴퀴한 냄새냐?"

퇴근한 나에게 코를 들이대며 엄마가 묻는다. 지하철에 같이 있던 사람들도 나에게 이 냄새를 맡았을 테지. 퇴근할 무렵이면 나무 탄내가 옷과 머리에서 풀풀 났었다.

"무슨 냄새는 무슨 냄새야. 날이 추워 현장에서 불 쬔 냄새지. 드럼통을 반으로 잘라 자투리 목재를 던져 넣어 불 쪼였어."

겨울에는 탄내가, 여름에는 하루 종일 흘린 쉰 땀내가 물씬 풍겼다. 먼지 속에 지내다 보니 학창 시절에도 없던 뾰루지가 하루가 멀게 솟아올랐다. 먼지에 목도 늘 컬컬하다. 그 모양새로 지하철을 타려면 민망하기 짝이 없었다. 범죄 예방 차원인지 전동차 안은 왜 그리도 밝은지, 어디 구석으로 숨고 싶었다.

현장 근로자가 퇴근한 뒤 점검 차 현장을 돌아보는데 학과 동기며 동아리 친구였던 진혜가 전화를 했다. 한껏 들뜬 목소리로 동호회 회원들과 까치산역부터 시작해 지하철 2호선의 역마다 내리고 타며 시청까지 왔다고 했다. 진혜와는 대학 내내 어반 스케치(Urban Sketch)동아리로 스케치한다고 참 많이도 같이 돌아다녔다. 색채에 관심이 많던 진혜는 실내건축전공으로 대학원에 진학했다. 여전히 어반 스케치 동호회에서 활동하며, 공공도서관에서 회원 전시회도 가졌다.

"정연아! 너 근무시간 끝나가지? 나 동호회원들과 같이 있는데 지금 그쪽으로 갈게. 같이 저녁 먹자!"

"어 그래 뭐. 그럼 지난번 만났던 샤브샤브집 어때? 그 집이 자리가 넓어 편할 거 같아."

샤브샤브집은 광화문 현장에서 종로 1가 쪽으로 조금 올라간 곳에 있다. 종로 길을 들어서 음식점을 향하다 보니 새로 건축한 교회가 있다. 올려다본 교회 건물은 누구의 조각품인지 디자인이 참 멋졌다. 하늘을 향해 웅장하게 열려 있으면서 그 앞에 선 나를 포근하게 감싸주는 느낌이다. 건물을 끼고 걸어가는데 외부 벽면 석재가 사각으로 잘려 나간 곳이 보인다. 하자 소송이 진행 중인가 보다.

'하! 하자가 났나 보네. 샘플 채취했구나.'

단열도 문제가 있는지 벽에 결로현상이 보인다. 하자 발생이 없는 건축물은 정녕 피할 수 없는 길인가 보다. 아, 생각만 해도 머리가 지끈 아픈 조각품이 건축물이다.

"어! 정연아~여기야 여기!"

진혜가 손을 번쩍 들어 보였다. 구석 자리에 웅성웅성 모여 앉은 네 명이 보인다. 그 가운데 둥근 모자를 쓴 중년 여성은 진혜 전시회에서 말을 나눈 기억이 난다. 초면인 남자 두 명은 얼핏 삼십 대 초반 정도로 보였다.

"와아~ 너 현장 기사 하더니 터프해졌다! 여기 두 분은 처음 봤지? 어반 스케치 동호회 회원이야. 정연이는 저와 어반 스케치 동아리였어요."

진혜 옆에 앉는데, 두 명 가운데 얼굴이 동그란 남자가 먼저 인사를 건네 왔다. 둥근 이마가 훤히 드러나는 짧은 머리에 안경테마저도 동그랗다.

"아, 진혜 씨가 자주 말하던 분이군요! 반갑습니다. 학창 시절에 오래 함께 활동하셨다면서요. 저희 동호회에도 들어오시죠."
"저도 그러고 싶지만, 지금 주상복합 건설 현장에 근무하느라 아직은 좀 어렵습니다."
"엇? 노가다시군요! 대단하십니다."
"노가다는 아니고, 현장 건축기사입니다만."

내가 잘라 말했고, 어디를 스케치했냐고 물으며 화제를 돌렸다.

준공이 다가오고 현장 인원도 줄어들었다. 소장이 불렀다.

"최 대리, 본사에서 대리 직급이 필요한 현장을 알려왔어. 다음에 갈 현장으로 대구와 광주가 있는데, 아파트 현장이야. 어디가 좋은지

선택해서 나한테 말해 줘."

나에게는 어떤 건축 현장보다 어느 지역에 근무하느냐가 더 주요한 결정요인이다. 앞으로 또 몇 년을 현장에서, 더욱이 집까지 떠나 타지에서 씨름할 것을 생각하니 아득했다. 그리고 이렇게 노가다로 굳어지긴 싫었다. '노가다시네요!'라는 말에 마음이 상해서는 아니다. 갈수록 거칠어지는 나의 20대 끝자락을 구제하고 싶었다.

"네에. 좀 생각해 보고 말씀드리겠습니다."

일단 그렇게 답을 해 놓고, 이직할 직장을 부지런히 알아봤다. 벚꽃이 휘날린다. 벚꽃의 꽃말은 봄비라도 되나 보다. 만개한 벚나무를 봄비가 인정머리 없이 흩어 버린다. 하지만 이 봄날에 기어코 나도 새로운 계절을 맞으리다.

중견기업 정도로 제법 규모가 있는 공무직의 공고가 떴다. 월급은 대기업의 80% 정도다. 자존심은 상했다. 하지만 포기해야 하는 것과 얻을 수 있는 것을 곰곰 따지니, 얻을 수 있는 것에 마음이 기울었다. 혼연일체가 되어야 하는 안전모와 획일적인 작업복, 먼지투성이 부츠를 벗어 던지고 건설 현장에 근무를 하지 않는다는 것! 또한 사무실 근로자로의 변신은 다른 이의 속눈썹까지 보이는 밝은 지하철에서 다른 승객의 눈치를 살필 이유를 없애준다. 친구들이 다 한다는 손톱 관리도 받아 보고 싶었다. 결국 공단의 공무직으로 이직했다. 엄마, 아빠가 나의 이직을 반겼다.

"잘했다! 연봉이 좀 적으면 어떠니. 집에서 다니니 네 월급은 저축하면 되지."

"그래도 연봉이 자존심인데, 조금 기운이 빠지긴 해. 하지만 현장은 그만 근무하고 싶어서."

"아빠는 무엇보다 안전이 걱정이었다. 나이 어린 여자 상사에게 노무자가 험한 소리나 하지 않나 마음을 놓지 못하겠더라. 이제 마음 편하다."

새벽에 현장으로 향하는 딸을 불안해하던 부모님은 결혼하기 전까지 기꺼이 나의 스폰서가 되겠다는 뜻을 비쳤다. 건축과에 지원할 때부터 마지못해 동의했는데, 건설 현장에서 사고가 났다는 뉴스만 들어도 심장이 한참을 쿵덕거렸다고 했다.

공무직에 대한 온갖 조언이 넘친다. 블로그나 각종 글쓰기 플랫폼에서 경험자들의 글도 어렵지 않게 찾아 읽을 수 있다. 다들 나는 아니리라 생각하면서 결국 그렇게 되는 것일까, 또는 아니다 싶은 사람은 지레 떠나버린 것일까. 그 세계만의 문화가 있는 것 같다. 나는 다만 내 자존심을 위해 일은 잘하자고 생각했다. 그리고 내가 어떻게 할 수 없는 문제는 신경 쓰지 말자를 되뇌었다. 퇴직금으로 옷과 구두, 화장품, 작은 가방 등 사무실 근무자로 변신할 물품을 샀다. 근무 상황에 따라 강제되던 납작하게 달라붙은 머리와 이마의 굵은 줄에서 해방되어 즐거웠다.

3년 넘은 직장 경험도 있고, 출근 첫날부터 마음은 여유로웠다. 공단은 공무원의 위계처럼 사원-대리-과장-처장의 직위를 갖추었는데, 나는 건축물의 에너지 관리를 담당하는 부서에 속했다. 과장 아래 나 포함 대리 2명, 사원 1명이 있었다.

"아이구, 최 대리~ 환영합니다. 이거 인재가 와서 반갑네. 나는 서태원 과장이라오."

50대 초반으로 보이는 과장은 머리가 많이 벗겨졌는데 눈썹이 매우 짙었다. 오랜 세월 흡연의 영향인지 검붉은 입술에 얼굴 안색도 누르스름했다. 먼저 악수를 청해오지 않아 다행이었다. 코로나가 남긴 순기능이다. 거리가 있었는데도 담배 냄새가 화악 풍겨왔다. 사무실의 다른 남자 공무원은 돌아서면 기억에 가물거릴 정도로 평범한 인상이었는데, 순해 보였다.

서울 시내 각 건물을 관리하는 노란 파일이 빼곡하게 꽂힌 책꽂이 옆에 내 책상이 배치되었다. 조금 사선으로 비켜났지만 서 과장 책상을 마주한 자리였다.

'이거 매일 고개 숙이고 일할 수도 없고, 자칫 눈이 마주쳐 멀뚱하겠다.'

순간 들었던 나의 생각은 기우였다. 가끔 고개를 들어 일부러 쳐다봐도 서 과장 의자는 대개 휑하니 비어있었다. 서 과장 책상 옆쪽으로는 나무 팔걸이가 붙은 소파와 긁힌 자국이 있는 나무 테이블이 놓여 있다. 헤나 염색으로 머리가 유달리 새카만 김 과장, 가리마가 훤히 보이기 시작한 공 과장이 서 과장과 함께 그 소파에 붙박이로 근무했다. 까마귀가 검다고 속도 검겠느냐는 말도 있으니, 그들을 외모로 판단할 생각은 추호도 없다. 하지만 세 과장은 모여 앉아 오전에 커피 마시면서 2시간, 오후 식사 뒤 커피 마시면서 또 2시간을 보냈다. 오후 4시가 지나면 어느 틈엔가 사라지고 없었다. 그러니 점점 그들의 외모까지 추하게 보였다. 매일 보는 세 사람은 매일 할 이야기가 뭐 그리 나오는지 내내 두런거리다 껄껄 웃기도 했다. 둘, 또는 셋이 모여 나누는 이야기에는 늘 뉴스로 듣는 이름들이 등장한다. 나라라도 구할 요량인지 정치 이야기로 열을 낸다. 애국자가 따로 없다.

대형 건물의 에너지 점검은 출장 수당이 있었다. 본래 2명의 대리가 돌아가면서 하는 일이다. 서 과장은 직접 노란색의 해당 파일을 들고 나갔고, 그 수당을 챙겼다. 나에게는 한사코 일하지 말라고 하면서 수당이 따로 나오는 일은 나서서 맡았다.

"최 대리~ 일 만들지 마. 시키는 일만 하면 돼. 최 대리가 일 만들면, 내가 결재받으러 오가야 해."

춤춤스러운 미소까지 지으며 하는 말에 나는 자존심이 북북 긁혔다. 그나마 책상에 붙어 앉은 시간에 서 과장은 수시로 화장실을 들락거렸다.

"내가 말이야 얼마 전에 담낭을 제거했더니, 그 뒤부터 설사가 자주 나와."

아! 그런 말을 왜 직원들에게 하는 것일까! 가뜩이나 그에게서는 숨을 내쉴 때마다 봉지 믹스커피 냄새와 구석구석 배인 니코틴 냄새가 섞여 나온다. 그것도 모자라 내 상상에 따른 냄새까지 보태준다. 내가 들어야 할 이유가 있는 말만 나에게 했으면 좋겠다. 일터에 같이 근무하는 접점을 제외하면 서로 상관없는 사적 영역을 그는 벌컥벌컥 들이밀고 와 헤집는다.

점심은 별일 없으면 모두 구내식당을 이용했다. 식판에 음식을 담아오면 꼭 나를 향해 한 마디를 건넸다.

"아니 최 대리는 음식이 그게 뭐야. 그러니까 그렇게 배짝 말랐지. 먹음직스럽게 많이 담아와야지 원. 마주 앉아 먹는 사람도 먹기 싫어지게 하네!"

"네에~ 저는 800cc 경차라서요. 자칫 그 이상 주유하면 흘러넘쳐요."

말하지 말았어야 하는데 싶다. 그가 직장 상사이기 때문이 아니라, 모두가 들어야 할 이유가 없는 말이기 때문이다. 그의 '지적질'이 있는 구내식당이 현장 근무 기간 내내 거친 목청의 아저씨들과 함께했던 '함바집'보다 더 고역이다. 다른 직원에게도 사적인 지적을 했는데 그들은 대개 조용했다.

나를 칭하는 서 과장의 말이 출근 첫날 '홍일점'이더니, 그 뒤로 내내 '공주병'이다. 기회만 있으면 나를 향해 던진다. 공단은 에너지 절약을 위해 알아서 냉난방의 기준을 겨울 18도, 여름 26도에 맞춰두고 운영한다. 사무실이 겨울에는 냉장고, 여름에는 찜통이다. 습도 높은 여름에 건물을 둘러보러 외근을 다녀오면 땀이 범벅이다. 부채로는 땀이 식지 않는다.

"냉방을 26도로 맞추니, 밖이나 안이나 정말 덥네요."

자리에 앉으며 다른 직원에게 복귀 인사로 말을 건넸다. 어김없이 서 과장의 말이 날아온다.

"여름엔 다 덥기 마련이지, 하여튼 요즘 여자들은 죄다 공주병이야. 최 대리도 그냥 가만히 앉아 있어. 아무 일도 안 하면 시원해. 움직이니까 더운 거야. 공주는 원래 궁에 가만히 있는 거야."

불뚝 울화가 치밀었지만 대꾸하기 싫어 참았다. 노무자 아저씨들과 고래고래 서로 목소리 높였지만, 이런 울화통은 없었다. 일보다 사람이 힘들다더니, 그의 말을 견뎌내는 특급 노하우가 필요했다. 한 번쯤 되받아치고 싶다는 충동이 불쑥불쑥 솟았다.

'제가 공주면, 댁의 딸은 하녀로 키우고 있나요?'
'제가 공주면, 과장님은 머슴처럼 살고 계신 분이시군요.'

한번 해 버리면 속이 시원하겠다. 입이 근질근질하지만 그의 가치관과 언행을 내가 어찌하겠는가. 부츠에 안전모를 쓰고 모래바람 일어나는 사막에서 살아남으려 선인장처럼 된 노가다 3년 경력의 나이다. 그런 나에 대해 무엇을 안다고 온도와 습도가 최적으로 조절된 온실의 화초 같은 공주 취급하는 것인가.

색 바랜 잎사귀가 하나둘씩 거리에 떨어진다. 모두 초록이었는데, 저마다의 색으로 물들었다. 새벽에 정신없이 현장으로 달려가느라 몇 년 동안 계절을 놓치고 지냈다. 사무실로 향하는 발 앞에 툭툭 떨어지는 낙엽에 유달리 감성이 돈다. 아직 초록인 내 삶의 계절에서 곱게 물들 가을날의 단풍을 위해 지금 어느 방향으로 움직일까를 곰곰 생각했다. 이 공단을 다녀야 할 이유와 그만두어야 할 이유의 리스트를 적어 분석했다. 미디어에서 보는 것처럼 상사의 책상에 사직서를 냅다 던지고 나갈 수 있으면 좋지만 대책 없이 그럴 수는 없다. 그만두어야 할 이유의 항목이 길게 늘어선다. 하지만 단 한 줄, 다녀야 할 이유가 그 긴 항목을 다 집어삼키고 만다.

'월급이 꼬박꼬박 들어온다.'

경제력을 가져야 하는, 돈을 벌어야 하는 그 단 하나의 이유가 아직은 내 발목을 쇠사슬로 책상에 칭칭 감아버린다. 새로운 책상을 얻기 전까지 버텨야 한다. 모두 다 그러고 있는걸.

서 과장은 에너지 전문회사 방문 일정으로 일본에 이어 미국을 방문한 출장에서 돌아왔다. 모든 출장 준비는 내가 해 주었다.

"최 대리~ 내 일정에 맞게 현지 통역도 붙여 줘야 해. 나 일어도 못 하고 영어도 못 해."

"최 대리~ 호텔은 잘 검색해서 한국 식당이 가까이 있는 곳으로 잡 아줘야 해. 나 걔들 음식 느글느글해서 못 먹어. 부탁해애~"

나는 〈방문할 회사―호텔―한국식당〉이라는 삼각함수를 풀어 그 의 일정을 짰다. 요구대로 단체 방문 일정은 물론 현지 대학생을 통역 과 안내를 위한 가이드로 연결해 두었다. 호텔과 항공권 등 일체를 짜주고 준비했다. 한국 식당도 일정에 맞춰 그의 휴대폰에 링크를 걸 어 놓았다. 서 과장은 내 준비에 따라 몸만 움직이면 되었다. 가서 무 엇을 하는지, 일정대로 방문 조사를 하는지는 내 알 바 아니다.

사무실에 그가 없는 9박 10일의 조용한 시간이 끝났다. 돌아온 서 과장은 조악한 사진이 들어있는 아크릴 열쇠고리를 하나씩 나누어 주 었다.

'스마트키 시대에 무슨 열쇠고리람!'

내게는 덤이라며 카탈로그 몇 개를 후딱 던져주었다.

"최 대리~이거 첨부해서 나 다녀온 출장 보고서 작성해 줘요~"

출장 다녀온 사람, 보고서 쓴 사람이 따로 있지만, 읽는 사람이 따 로 있을 것 같지는 않다. 도대체 이것을 누가 읽을까. 서 과장은 모두에게 점심을 산다며 나가자고 하였다. 열쇠고리를 서랍에 처박고 따라 나섰다.

길모퉁이의 해산물 찌개 전문점으로 우르르 몰려갔다. 직장인들은 매일 이 비싼 가격을 내며 점심과 커피를 사 마시는 걸까 싶다. 저마다 살기 위해 치르는 비용이 갈수록 높아진다. 무표정한 아주머니가 국물이 여기저기 묻은 가스버너를 식탁에 올리고 "따다닥!!" 소리와 함께 불을 켠다. 주꾸미가 잔뜩 얹어진 커다란 해물 냄비를 올려놓는다. 밑반찬을 놓고, 개인 접시와 국자를 당연하다는 듯 내 앞에 두고 돌아선다. '홍일점'에 대한 아주머니의 마땅한 대우이다. 나는 접시 하나만 들어 내 앞에 놓고 국자가 들은 채로 포개어 쌓인 접시를 옆으로 건넸다. 가장자리부터 빠글대며 거품을 내던 찌개가 본격적으로 끓어오르자 서 과장의 수다가 이어졌다.

"이야~ 국물 맛있겠다. 사람들이 잘 모르는데 주꾸미는 봄이 제철이 아냐. 봄은 산란기여서 오히려 맛이 떨어져. 주꾸미 하면 가을인 거야 가을. 어이 최 대리. 이 국물 좀 먹어봐. 완전 시원하다."

그는 수저를 들어 후루룩거리며 국물을 마셨다. 수저를 입술 가까이 가져가 소리를 내며 바람으로 흡입한다. 국물 묻은 수저를 흔들면서 나더러 그 국물을 먹어 보라며 수다가 늘어졌다. 남자 직원들이 저마다 한 국자씩 자기 접시에 떠갔어도, 서 과장은 연신 입과 냄비 국물 사이로 부지런히 수저를 옮긴다. 나에게 자꾸 먹으라고 권한다. 출장 1등 공신인 나에게 보이는 인사치레다.

할 수 없어 떠놓기만 하려고 냄비 가장자리에서 조심스럽게 한 국자 뜨려는 순간, 외마디 비명이 나올 뻔했다.

'면봉이다!'

주꾸미를 들어 올리니 국물 밑에 면봉이 솜이 불어 터져서 함께 끓고 있었다. 후룩 후룩 소리를 내며 찌개를 먹는 서 과장의 얼굴을 보니 갑자기 올라가는 나의 입꼬리를 누를 수 없었다. 이 통쾌함의 정체는 무엇이란 말인가. 내일부터는 나도 스케치북을 가지고 다녀야겠다. 재미있는 순간은 그림으로 박제해야 하니까.

# 간장게장

"어머니, 준비해 둔 거 드시고 아무것도 만지지 마셔요. 일 벌여 놓지 마세요."

출근하는 엄마는 현관에서 신발을 신으며 할머니에게 당부인지 지시인지 한 마디 건넸다.

"내 알아서 하마!"

할머니는 엄마에게 시선도 주지 않은 채 단호한 어투로 말했다. 이미 주방에서 소매를 둘둘 말아 걷어 올리고 있었다. 각각의 방이나 화장실과 달리 열린 공간인 부엌에서는 애매하면서도 분명한 할머니와 엄마의 신경전이 자주 벌어졌다. 할머니가 식재료를 사와 부엌을 어수선하게 만든 채 음식을 하면, 엄마는 영 싫은 기색을 드러냈다. 엄마는 나와 달리 할머니의 음식도 잘 먹지 않았다.

낮에 장바구니를 챙겨 당찬 걸음으로 나선 할머니는 자반고등어를 10마리 사 왔다. 한 마리 한 마리를 맨손으로 손질해 큰 쟁반에 납작하게 펼쳐 두었다. 온 집안 구석구석으로 비린내가 파고들었다. 퇴근한 엄마는 현관에 신발을 이짝저짝 던져둔 채 주방으로 달려갔다.

"어머니, 김치냉장고도 꽉 차고 냉장고에 자리도 없어요. 요즘은 집에서 생선구이 하기가 영 성가셔요."

"이 봐라. 눈이 자그마한 게 등도 청록색이고, 국내산이라 샀다. 봐라, 제 철이라 배에 기름이 꽉 차 있다. 먹기 좋게 2마리씩 싸서 어디 넣어둬라."

엄마는 우당탕 퉁탕 냉장고 안을 이리저리 정리하고, 싱크대 한구석에 쌓인 자반고등어 부스러기를 처리하며 간접적으로 싫은 내색을 한껏 드러냈다.

할머니는 풍채가 좋을 뿐만 아니라 성품도 여장부였다. 괄괄한 목소리에 말투가 단호했으며, 자기주장이 강하고 고집도 셌다. 할머니는 엄마가 뭐라 하거나 말거나 소싯적부터 즐기던 음식을 자주 만들었다. 잔뿌리가 쌉쌀한 맛을 내는 고들빼기김치, 넓적한 줄기를 씹으면 겨자처럼 코끝을 톡 쏘는 갓김치 등 맛이 강한 음식과 토하젓 무침, 매생이국, 미역줄기무침 등 해물이 섞인 요리를 즐겨 만들었다. 깍두기와 김치에 굴을 버무려 넣기도 했다. 아버지는 서울이 고향인 엄마의 입맛에 적응되어 가끔 할머니 음식은 맛과 간이 강하다는 뜻을 보였다. 하지만 나는 할머니와 밥 먹는 경우가 많았기 때문인지, 어릴 때부터 할머니 음식에 입맛이 길들여졌다. 밥 수저를 번쩍 들어 올리면 젓가락으로 집어 올려주는 할머니 반찬을 나와 동생은 둥지 안 제비처럼 쏙쏙 잘도 받아먹으며 자랐다.

할머니는 같은 성씨가 모여 살던 바닷가 작은 마을에서 태어나 여자중학교를 졸업했다. 마을에 진학할 상급학교가 없고 잠업 전습소만 있어 잠업 기술을 익혔다고 했다. 20살에 중매로 결혼한 할머니는 잠업과 전혀 상관없는 전업주부로 살아왔다. 중매쟁이가 할아버지의 증명사진을 가지고 왔는데, 할머니가 그만 반해버렸단다.

"쾌매난 증명사진을 들고 왔는데, 얼마나 인물이 좋았는지 몰라야."

할머니에게 몇 번이나 들은 이야기다. 그리고 이런 말도 속살거렸다.

"내가 발가벗고 온 동네 춤추고 다녀서 느그 할아버지가 살아온다고 하면 내가 그렇게라도 하고 잡다."

그 말에 담긴 할머니의 심경을 내가 알 리는 없었다. 할머니의 평생은 다른 평지풍파는 없는 삶이었다. 11살이 되던 해에 한국전쟁이 났지만 할머니는 멀리 지나가는 인민군만 봤다고 했다.

"그래도 잡아갈까 봐 무서워 남자 형제들은 낮에는 산으로 올라가 숨어 지내고, 밤에 집으로 잠시 내려와 배를 채웠어야. 나는 어렸어도 15살 언니는 잡혀갈까 봐 방바닥을 뚫어 구들장 안에 숨어 지냈어야."

그렇지만 할머니 집은 전쟁 중에 집을 폭격 맞은 일도 없고 식구를 잃지도 않았다. 할머니는 집에 딸린 텃밭에서 푸성귀를 기르며 장남인 아버지를 비롯한 2남 2녀를 길렀다. 손재주가 좋은 할아버지는 읍내에서 수선집을 운영하며 자전거를 비롯해 간단한 농기구 등을 고쳤다고 한다. 아버지는 어릴 때에 할머니가 여름날 상추만 뜯어 주물주물해도 꿀맛이었다고 했다. 그 음식 솜씨로 할머니는 평생 할아버지를 집 밥상에 앉게 만들었다. 아버지 형제간은 모두 대학을 마치고 약사, 교사, 공무원으로 살고 있다

"내가 어려운 살림에서도 느그 아버지랑 삼촌, 고모들 다 교육시켰다."

할머니는 자부심 가득한 목소리로 내게 말하곤 했다. 내가 3살 때, 진갑을 앞둔 할머니는 할아버지를 잃었다. 그리고 우리 집으로 들어왔다. 할머니는 맏손자인 나를 앞에 앉혀두고 소싯적 이야기하는 것을 매우 즐거워했다. 지나갔으니 추억으로 포장되었는지, 고생스러운 시골 살림이었지만 행복했다고 말했다.

"시골이지만 할머니 집은 동네서 잘~ 쌀던 집이었다. 배곯은 일이 없어야. 그란디 아부지가 월싸금을 안 주는 거여. 선생님이 월싸금 가져오라 돌려보내서 맷~뻔을 울고 오면 그제사 내 주는 기라. 아부지가 왜 그랬는지 몰라."

지금 같은 밥상 앞에 마주 앉은 할머니지만, 할머니의 어린 시절은 전래동화책에서 접한 이야기와도 같았다. 그러고 보니 할머니는 할아버지가 돌아가시기 전까지 마당 있는 단독주택에서 자유롭게 살았다. 노년기에 접어들어 손자를 돌보며 아들 내외와 아파트라는 한정된 공간에 거주하게 된 삶이 편하지는 않겠다 싶다.

할머니는 1주일에 한 번 서는 아파트 재래시장을 현금과 장바구니를 챙기며 늘 기다렸다. 키오스크가 계산대를 점령한 세상에서 할머니는 상추 하나 사지 못한다. 몇 번을 가르쳐 드려도 할머니에게는 입력될 수 없는 세상이었다.

"예전에 시골 동네에는 한글도 못 읽는 바보가 하나씩 있었어야. 인자 내가 그런 바보가 되어 부렸다 이~"

자존심 강한 할머니의 자조적 비유였다. 하지만 할머니는 사회에서의 소외는 받아들여도, 집안에서까지 뒷방 노인네로 물러나려 하지는 않았다. 열쇠가 주렁주렁 달린 고방 열쇠패를 허리춤에 꽉 차고 절대로 내어주지 않는 안방마님으로 군림하려 했다. 쇠통이 달린 고방문은 이미 없지만, 부엌의 주도권을 놓고 한 발도 물러서지 않았다. 그 절대 상징이 할아버지가 생전에 세상에서 제일 맛있다고 칭찬하고, 자식들을 길러내고 나와 동생의 입맛을 사로잡은 당신의 음식을 놓지 않으려 함이었다.

특히 봄철이면 아버지를 대동해 노량진 수산시장에서 노란색의 알과 내장이 꽉 찬 게를 직접 사와 게장을 담갔다. 이삼일 정도는 온 집안에 게 비린내가 묻어 있고 조선간장 끓인 냄새도 가시지 않았다. 당장 먹을 분량을 냉장하고, 냉동실에 한가득 꽃게를 건져 보관했다. 할머니는 두고두고 냉동한 게장을 꺼내 따로 냉장해둔 간장을 부어 식탁에 올렸다. 그런 날이면 엄마는 유달리 설거지를 오래 했다. 그릇마다 코를 대고 큼큼거리며 "어유, 비린내가 영 가시지 않네."라고 중얼거렸다.

엄마는 퇴근이 늦기 일쑤였지만, 할머니가 있어 나와 동생은 불편함 없이 자랐다. 나는 특히 할머니 음식을 좋아했다. 할머니가 챙겨주는 음식은 교사로 바쁜 엄마의 빈자리를 채워주었다. 유치원 시절부터 신김치가 들어간 진한 청국장을 땀을 뻘뻘 흘리며 먹었고, 할머니가 가시를 발라내 얹어주는 온갖 생선도 잘 먹었다. 특히 할머니와 마주앉아 먹는 간장게장은 별미였다. 맛이 더 이상 나오지 않을 정도로 게발을 쪽쪽 빨아먹고, 게딱지에 밥을 비벼 먹으면 꿀맛이었다. 할머니는 가끔 단단한 게 껍데기도 그냥 씹어 드셨다. 나와 동생의 게딱지 비빈 밥에 할머니는 참기름을 쳐주고 통깨도 뿌려 주었다. 간장게장을 먹노라면 할머니가 그토록 그리워하는 할아버지와 닿는 기분이 들었다.

하지만 간장게장은 엄마가 가장 질색하는 음식이었다. 그 맛보다도 나와 동생의 꼬락서니와 냄새 때문이었다. 나부터도 온 손에 간장이 질질 흘러 팔꿈치까지 타고 내렸고, 옷에도 간장이 뚝뚝 떨어져 배었다. 그런 날이면 퇴근한 엄마가 어질러진 부엌과 우리 손에서 게장 비린내가 난다며 기겁을 했다. 우리 둘을 화장실로 데려가 비누로 몇 번이나 손을 씻어 내고 내 두 손을 가져다 코에 대고 킁킁거렸다. 가끔 엄마는 아빠에게 한 소리 했다.

"쟤들은 내가 생전 만들지도 않고 좋아하지도 않는 음식을 좋아해. 어린애가 완전 할머니 입맛이야. 짜고 맵고, 비리고… 그런 음식은 건강에 안 좋은데 계속 요리를 하시네."

퇴근한 엄마가 집에 들어서자마자 냄새난다고 문부터 열어젖힌 일이 많았지만, 할머니가 엄마 말을 귀담아들을 리 없었다. 엄마도 나와 동생을 돌보는 할머니에게 대놓고 싫은 소리를 할 수 없었다. 할머니와 엄마는 속내와 달리 부득이하게 협력하며 공존하는 '적과의 동침' 같은 관계였다. 사실 할머니의 음식은 맛이 강하고 짰다. 그런데 묘하게 가미된 감칠맛 나는 손맛은 내 입맛에 제격이었다.

할머니가 고모 댁에 다니러 가신 날, 저녁 식탁에서 엄마는 아빠한테 할머니에 대한 불만을 쏟아 내었다.

"어머니는 나를 괴롭히려고 여기 사시나 봐."

밥을 다 먹기까지, 엄마 말을 듣고 있어야만 했다. 엄마가 하는 말은 종종 들어왔지만, 할머니에 대한 아버지의 속내는 그때 처음이자 마지막으로 들었다.

"나는 솔직히 어머니에 대해 별로 정이 없어. 자랄 때 조금만 당신 마음에 안 들어도 어찌나 야단도 잘 치고 자주 때렸는지… 이제 연로하셨는데, 딱하거나 애틋한 마음이 들지가 않네."

그 말뿐이었지만, 아버지의 말은 기관이 발급한 서류에 찍힌 붉은 사각의 직인처럼 내 마음에 쿡 박혔다. 아버지는 할머니를 좋아하지 않았다. 부모님은 할머니에게 늘 예의를 갖추었지만, 전혀 살갑지 않았다.

자신을 사랑하지 않는 자식의 집에서 보내는 노년, 할머니의 음식은 그 황량한 소외와 싸우는 생존의 몸짓이었다. 옹고집으로 해내는 음식마저 삶에서 내려놓으면, 할머니에게는 남는 게 없다. 납처럼 굳어 가는 몸, 주름이 더욱 깊어지는 바싹 마른 노년의 몸이 전부다. 할머니의 몸짓에 활력이 되는 에너지는 나의 입짓이었다. 나는 기꺼이 둥지에서 한껏 부리를 벌리는 아기 제비가 되었다. 때로 까탈을 부리는 여동생보다 그 역할은 내가 해야 할 것 같았다.

"할머니, 아~~"

언제나 그래온 것 같은 나의 입짓에는 점점 할머니를 향한 측은의 마음이 보태어졌다.

나와 동생이 어렸을 때 할머니는 가끔 잠자리에서 옛날이야기를 해 주곤 했다. 그중에 〈잔칫집 돼지〉라는 이야기가 있다. 지위가 높은 대감 댁에 큰 잔치가 열리게 되었다. 그 전날 밤, 평소 천대받던 생쥐가 돌아다니며 소, 닭, 개 등 집 안의 가축들에게 내일 잔칫날에 너를 잡아먹을 것이라고 놀려댔다. 가축들은 모두 어림없는 수작이라며 반박했다. 소는 뼈 빠지게 농사일을 하니 그럴 리 없다 하고, 닭은 새벽마다 날이 샌 것을 알리고 계란을 주니 나를 잡을 리 없다 하였다. 개는 밤마다 도둑을 지키니 자신은 꼭 있어야 한다고 했다. 약이 오른 생쥐는 마지막으로 놀고먹는 돼지에게 갔다. "돼지야, 돼지야, 내일 잔칫날에 너를 잡아먹는단다." 돼지가 울적한 표정으로 말했단다. "뻔히 알면서." 그 이야기에 담긴 가치관처럼 할머니는 당신의 존재 의미를 부엌에서의 활동에 두었다. 그러니 절대로 요리에서 손을 뗄 수 없었다.

내가 고등학교 1학년 때 할머니는 83세를 일기로 돌아가셨다. 엄마의 만류에도 불구하고 손수 장을 봐 오는 길에 아스팔트 길에서 넘어졌다. 골다공증이 진행되었던 할머니는 고관절이 골절되었고, 수술을 마치고도 재활을 위한 입원이 길어졌다. 입원 중에 하루라도 아빠가 못 가면 다음 날 할머니는 노한 목소리를 냈다.

"내일은 내 관 짜가지고 오그라!"

하지만 방과 후 들린 나와 동생을 보면 손을 쓰다듬고 만지며 뭐 먹었냐고 챙겨 묻곤 했다. 결국 할머니는 폐렴에 의한 고열로 열 쇼크가 와서 돌아가셨다. 장례를 치르고 고모와 고모부를 비롯한 일가족이 모인 자리에서 아빠가 말을 시작했다.

"이제 우리 어머니가 비로소 세상의 모든 욕심에서 해방되었습니다."

모인 자손들이 무언의 동의를 보내왔다. 음식으로 삶의 의미를 움켜쥐었던 할머니의 몸짓은 그렇게 멈추었다. 냄새와 색이 진한 멸치젓을 넣어 검붉은 빛이던 우리 집 김치가 젓갈이 새우젓으로 바뀌고, 훨씬 덜 매워졌다. 해물을 좋아하지 않는 엄마의 식탁 차림에서 꼬막무침, 미역줄기무침 등 할머니가 해 주시던 많은 반찬이 사라졌다. 그 자리를 할머니가 계실 때 자주 먹지 못한 각종 배달요리가 채웠다. 냉장고에 한 자리를 차지했던 간장게장은 어느새 없어졌다. 할머니 방은 서재로 꾸며지고, 할머니의 자취는 우리 집에서 퇴색되었다. 내 삶에서도 슬그머니 사라져갔다.

중학교 이후 학교 급식으로 멀건 소스가 묻은 스파게티와 조미료 맛이 팍팍 나는 크림 스프, 나물이라 부르기 어려운 양념 하나 없는 익은 채소로 덮인 비빔밥, 달고 매운 닭강정, 돈가스 등을 참으로 많이 먹었다. 10대의 왕성한 식욕으로 식판에 밥 한 톨 남김없이 먹었지만 절대 추억의 음식으로 남지는 않는다. 학원을 도느라 저녁은 대개

사 먹기 일쑤였다. 내가 자랄 때와 달리 나날이 음식도 다양해지고, 세월의 흐름 속에 맛도 조금씩 변했다. 하지만 할머니가 밥에 얹어 주시던 간장게장만은 마치 영혼의 음식처럼 내게 남아있다. 어렸을 때 집 밥상에 오른 음식, 그 맛의 경험은 저 깊은 감각에 그렇게 새겨져 있었다.

"오늘은 또 뭘 먹으러 가지?"
소용없는 질문을 서로에게 던진다.
"매일 고르기도 고역입니다. 오늘도 백반집 갈까요?"
"한 집 건너 음식점인데, 왜 이리 고르기 힘든지 원."

점심시간이면 각자의 입맛을 찾아 헤맨다. 한 끼 때우기 위한 외식이지만, 간혹 저마다 영혼의 음식을 찾아 뒷골목을 기웃거린다. 어떻든 점심시간은 직장생활의 고단함을 채워주는 유용한 탈출구가 아닌가.

"제 고향에서는 이 비름을 안 먹었어요. 근데 서울 오니 나물로 먹더라고요."
"된장에 무친 비름나물 맛있어!"
"된장에는 취나물 무친 것도 맛있어."
"아, 저희 집은 나물은 늘 참기름에 무쳐 먹었어요. 식당에서 처음 된장과 버무린 나물을 접했을 때 먹지 못했었어요."

먹다 보면 서로의 고향이 나오고, 집마다의 레시피가 부딪히고 융화

됨을 본다. 강진에서 올라온 직원은 어릴 때 갈치며 고등어를 그대로 회로 먹었다며 입맛을 다셨다.

호주 남성과 결혼한 여자 동료는 남편과 음식의 차이로 인한 어려움을 호소한다.

"우리 남편은 오로지 '고기, 고기, 고기'만 먹어요."

그녀는 1년 워킹 비자로 호주에 머물 때 택시 기사인 남편을 만났다고 했다. 호주에서 결혼해 남편은 계속 택시 기사를 하고 자신은 관광 가이드를 했는데 힘들었다고 했다. 남편이 한국 문화를 좋아하는지라 자신이 설득해 함께 한국으로 왔다. 현재 호주에서의 택시 기사 경험을 살려 다양한 콘텐츠를 제작해 유튜브에 올리며 재미있어한단다. 문제는 한국에서도 여전히 소고기 스테이크만 먹으려 한다고 했다. 그나마 처음에는 적당히 맞추었는데, 점점 힘들다며 하소연이다.

"혹시 남편이 한국 쇠고깃값에 대한 인식이 없는 거 아냐?"
"왜 없겠어. 호주와 비교하면서 슈퍼를 돌아다니며 영상을 찍어대는데. 값도 값이지만 나는 질려서 이제 보기도 싫어. 아예 서로 각자의 메뉴를 조리해 먹어. 아이들은 알아서 선택하게 놔두고."

직접 조사한 것은 아니지만 많은 사람이 국제결혼의 어려움으로 음식의 차이를 든다. 그나마 중년까지는 적당히 아우르는데, 노년이 될

수록 어릴 때 먹던 음식으로 돌아간다고 한다. 그래서 국제결혼은 노년에 서로 입맛이 달라 힘들다는 말을 들었다. 내가 미국에 있을 때한국 여성들의 모임이 있었다. 모두 서양인과 결혼한 한국 여성들이한 달에 한 번 모여 한국 음식을 먹는 날이었다. 깍두기, 김치 등을 먹고 남은 냄새를 없애려고 차를 마시곤 했다. 미국에서 산 지 몇십 년인데, 입맛은 한국에 살고 있었다. 그 모임의 여성 가운데 한 명에게일대일로 영어 회화를 했는데, 나도 초대해 자리를 함께했었다. 밀폐용기에 김치를 넣어 몇 겹으로 비닐을 씌워 냉장고 구석에 놔둬도 냄새가 난다고 했다. 혼자 중얼거림이 나왔다. '입에 당기는 음식 먹기가그렇게 힘들어서야 원…'

"모두들 회식하러 갑시다!"

연말을 맞아 과장이 자리를 마련했다. 사무실 건물 맞은편의 단골한정식집으로 갔다. 낮에는 콩나물국밥, 제육덮밥 등 일품 음식을 팔고, 저녁은 한정식을 판다. 직장인을 상대하는 음식점이라. 한정식순서 순서마다 긴 테이블 가득 음식이 푸짐하게 나왔다. 너무나 많이먹어 더 이상 물 한 모금도 넘길 수 없을 것 같았다. 모두들 과식했다며 이리저리 몸을 기울이고 불룩해진 배를 가누기 힘들어 했다. 나도허리 벨트가 어찌나 꽉 끼는지 차마 풀지도 못하고 참고 있었다. 바로 그때따끈한 밥과 큰 접시에 간장게장이 나왔다. 한정식의 피날레였다. 벽에 기대 쓰러질 듯 앉아있던 모두는 갑자기 몸을 벌떡 일으켜 앉았다.

"간장게장을 안 먹을 수가 없지!"

간장게장에 모두가 반색했다. 모두 나처럼 어릴 때부터 간장게장을 먹었던 걸까. 앞 접시에 덜어오면서 내가 한마디 했다.

"저는 간장게장만 보면 할머니와의 추억이 아련합니다. 밥 한 수저 떠올리면 할머니가 쫄깃한 꽃게의 살과 알을 밥 위에 얹어주곤 했어요. 할머니는 제비처럼 잘도 받아먹는다며 좋아하셨죠. 이제 참 아스라하네요."

회식 자리에서의 잡담이었는데, 옆 동료가 비명을 지르듯 질겁하며 외쳤다.

"으악! 저는 제일 싫어하는 사람 1순위가 할머니예요."

급 반격에 놀라 밥이 물컹하게 목에 걸렸다.

"한국어에서 저는 효녀라는 말이 제일 싫고, 엄마는 효부라는 단어를 제일 싫어해요."
"아, 그렇군요. 할머니와 같이 살았나 보네요?"
"네. 같이 살다가 제가 대학 3학년 때 돌아가셨어요. 엄마는 결혼해서 5년 만에 저를 낳았는데요. 할머니가 시집와 밥값도 못한다고 눈만 뜨면 엄마를 구박했다는데, 제가 태어난 뒤는 저와 엄마를 같이 구박

했어요. 밥만 축내며 제 몫을 못 하는 며느리고, 제사도 못 모실 쓸모 없는 손녀라고요. 할머니라면 진저리가 쳐지는데, 주임님은 간장게장에 할머니가 그립다니 참 신기해요!"

"뭐, 나도 엄마 속내에 담긴 스토리는 잘 모르죠."

그녀를 향해 입꼬리 양쪽 근육에 슬쩍 힘을 주었다 풀어 보이며 참깨와 참기름 통을 집었다.

할머니 옆에 앉아 있던 엄마의 표정을 골똘히 떠올려 보며 게딱지에 밥을 슥슥 비볐다.

# 해바라기와 담배 연기

"어이, 선주야. 잘 지내고 있지? 지금 통화 괜찮니?"

'당연히 괜찮고말고요. 설사 지금 수술대 위에 누웠어도 마취되지 않았다면 선배 전화는 받습니다.'

드라마 대사라 해도 유치하기 짝이 없는 말이다. 이 무슨 의뭉스러운 망상이란 말인가. 광장시장으로 달려가던 길이었지만, 목소리를 잔뜩 내리깔고 차분하게 답했다.

"네에, 선배님도 평안하시죠? 전 지금 통화 괜찮아요."
"다름이 아니라 이번에 교육원에서 국가가 지원하는 게임 제작 지원에 응모하려고 기획안을 작성했거든. 너 편한 시간에 좀 의논했으면 하는데 가능하겠어?"
"게임 제작기획안이요? 아… 제가 드릴 도움이 있을까요?"

말은 그랬지만 가장 빨리 동혁 선배에게 달려갈 날짜를 머릿속에서 급속도로 탐색했다.
대학에서 나는 의상학과였고 동혁 선배는 컴퓨터공학과였다. 지금은 두 학과 모두 학과 이름이 더 길게 바뀌었다. 전혀 접점이 없는 나와 동혁 선배가 대학 내내 어우러진 까닭은 학교의 만화동아리였기 때문이다. 대학 생활에 별다른 흥미 없이 어슬렁거리며 처음 몇 개월을 보냈다. 입학 초기에 몰려다니는 무리가 형성되고, 그 기회를 놓치면 대학 내내 혼자라는 말이 있다. 영어 회화 수업의 파트너를 계기로 한두 명 어울리는 동기가 생겨 그 상황은 면했다. 하지만 딱 캠퍼스 안에서 만이었다. 이를테면 캠퍼스 동료들이었다.

보다 다양한 선배, 동기와의 교류를 위해 동아리를 기웃거렸다. 입학 초에 신입생을 포섭하기 위한 동아리의 홍보활동이 진즉부터 있었지만 눈에 들어온 곳은 없었다.

'요즘 세상에 대학동아리에서는 무슨 활동을 할까?'

염두에 둔 곳이 없는 상태로 동아리 방이 늘어선 학생회관 복도를 천천히 훑으며 걸었다. 열린 문을 통해 빠끔히 보이는 동아리 방은 발을 들이고 싶지 않게 어수선했다. 복도 마지막에 형광등이 환하게 켜진 방이 있었다. 문에는 만화, 애니메이션, 게임 등 서브컬쳐에 관심이 있는 사람 모두 오라는 포스터가 붙어있었다. 가까이 다가가 안을 들여다보니 3면이 모두 만화책으로 꽉 차 있었다. 벽면에 붙은 책상에는 게임기도 늘어져 있었다. 나는 만화를 보는 사람이지 그리는 사람은 아니었다. 하지만 환한 형광등 아래 빼곡하게 꽂힌 만화책이 던진 유혹은 제법 강했다.

대부분의 동아리 활동이 지지부진하다는데, 만화동아리는 20명 정도가 있었다. 학과에서 건성건성 무리로 섞여 다닌 수업과 달리 동아리에서 나는 온전히 이름으로 불리는 벗이 되었다. 동아리방에 슬라이딩으로 오가는 이중 책장을 새로 들여와 대청소가 있는 날이었다. 주로 1~2학년이 청소에 팔을 걷었고, 선배들은 만화책을 정리했다. 바닥 청소를 시작했는데, 내가 잡은 대걸레 막대 자루의 끝을 누가 잡아챘다.

"이런 건 내가 잘하지!"

동혁 선배가 불쑥 나타나 대걸레를 가져갔다. 연하늘색 옥스퍼드 셔츠의 소매를 이미 둘둘 걷어붙인 채 가벼운 미소를 보였다. 아주 미미한 스침에 순간 내 호흡이 흔들렸다. 나는 1학년이고 동혁 선배는 3학년이었다. 그는 군대를 다녀오고 미국 대학에서 1년을 보낸 복학생이었다. 나보다 다섯 학번이나 위였으므로, 한참 윗사람으로 여겨진 선배였다. 헌칠한 키에 얼굴 피부도 맑았다. 흉터를 남기고 사라지는 사춘기 여드름도 그에게는 비껴갔는가 보다. 깔끔한 외모 때문인지 말투와 행동도 정갈했다. 동혁 선배는 후배들에게 곧잘 훈계를 던졌다.

"어허~ 신발 그렇게 직직 끌면서 걷지 마라."
"실내 탈모다. 너 그 야구모자 벗고 먹어라."

우르르 몰려다닐 때, 그는 가끔 그랬다. 나는 그 점이 좋았다. 콩깍지도 유분수다.
학기말 시험을 마치고 유대관계 함양을 목적으로 1박 2일 가평 펜선에서 MT를 가졌다. 가벼운 말만 나누어 본 이동혁, MT 이후 그 이름은 내 청춘에 새겨진 남자 이름이 되었다. 직사각형의 커다란 BBQ 숯불고기 불판이 설치되었다. 동혁 선배는 내내 서서 고기를 구웠다. 무슨 이야기를 저리 하는지 습도 높은 여름 날씨에 불판 앞에서 싱글벙글 이야기를 했다. 붉은 무늬가 있는 손수건을 돌돌 꼬아 이마에 두르고 정갈한 면 셔츠 차림의 동혁 선배를 보고 있자니, 소설 〈젊은 느티나무〉의 첫 문장이 떠올랐다.

'그에게는 언제나 비누 냄새가 난다.'

읽는 이를 시작부터 설레게 만드는 이복오빠 현규를 향한 여주인공 숙희의 고백이다. 나는 이렇게 쓰고 싶다.

'그에게는 언제나 은은한 라벤다 섬유 유연제 향이 날 것 같다.'

한여름에 땀 흘리며 고기를 굽고 있는 그에 대한 나의 느낌이다. 그리고 또 방점을 찍어 궁서체로 이어 쓰고 싶다.

'나는 그렇게 섹시하게 고기를 굽는 남자를 본 일이 없다.'

그날 이후 고기를 구워 먹을 때마다 동혁 선배의 모습이 자동 팝업창으로 올라온다.

동혁 선배는 동아리 후배들이 홈페이지에 작품을 올리면 가장 먼저 달려와 깨알같이 댓글을 달았다. 스토리에 따라 영화의 원작이 될 웹툰이 탄생할 거라며 격려했다. 기존의 만화 이야기가 나오면 깊은 연륜인지 명석한 재능인지 날 선 통찰력이 담긴 의견을 남겼다. 동아리 게시판은 내가 그의 세계를 넘나드는 통로였다. 그는 가끔 컴퓨터로 만화를 그려 게시판에 올렸다. 만화제작용 태블릿으로 작업한다고 했다. 그의 웹툰에는 고양이 2마리가 자주 등장한다. 장면에 어울리는 그럴듯한 BGM도 깔린다. 나는 그의 옷에 고양이 털이 묻어있나 슬쩍 살펴보곤 했다.

동혁 선배를 찾아 동아리 방에 여학생이 찾아왔다. 몇 번 매우 조심스러운 발걸음으로 복도에서 기웃기웃하던 그 여학생을 나도 두어 번 봤었다. 오늘은 마침 동혁 선배가 있었다.

"아… 안녕하세요. 선배님, 여기 계셨네요."

"어? 어쩐 일이야? 아 근데 나는 지금 볼일이 있어 막 나가려던 참인데, 나가자!"

내몰듯이 여학생과 함께 나간 동혁 선배는 10분 정도 뒤에 동아리 방으로 혼자 돌아왔다.

"어디 가신 거 아니었어요?"

"아~니. 쟤가 여기 주저앉을까 봐 얼른 데리고 나간 거야. 여기 들어온다고 하거나, 앉아서 안 나가면 내가 곤란해."

콧잔등을 찡긋하며 한마디 더 덧붙였다.

"약간 좀 느낌이 그래서."

무슨 대답이든 실수할 것 같아 말없이 끄덕끄덕했다. 동혁 선배 앞에서 난 무슨 말이든 버벅거렸다. 가능하면 숫제 말을 안 하는 편이 나았다.

"아우, 배고프다. 밥 먹으러 가자."

소 팔러 가는데 강아지 따라가듯 동혁 선배 뒤를 두어 걸음 뒤에서 졸졸 따라갔다.

동혁 선배가 바로 내 앞에서 삼겹살을 구워준다. 노릇노릇 먹기 좋게 익으면 내 접시로 먼저 옮겨주었다. 그가 주로 이야기를 했다. 헌법을 읊어줘도 나는 그의 말을 재밌어할 것이다.

"나는 충분한데, 너 된장찌개나 냉면 먹을래?"
"저도 많이 먹어서 괜찮아요."
"아 그래? 괜찮겠어? 그럼 나가서 후식으로 차 마시자."

동혁 선배는 주섬주섬 지갑에서 카드를 챙기며 일어섰다.

"사실 나는 고기 잔뜩 먹고, 밥이나 냉면을 왜 또 먹나 싶다. 한 자리

에서 두 끼를 먹는 거잖아. 스테이크 먹고 파스타 또 먹는 격이다. 어떻게 그리 많이 먹는지 원."

'그렇구나. 고기 먹고 된장찌개나 물냉면을 먹어야 속이 편안한데.'

내 속내는 그랬다.

카페를 향해 걸어가는 골목길에 편의점이 하나 있었다. 그 앞에 꽃과 화분이 두어 줄 놓여 있었다. 동혁 선배는 해바라기꽃이 3개 있는 작은 화분을 집어 들었다. 안으로 들어가 계산하고 나오더니 나에게 불쑥 내민다.

"노란색이 한창 예쁘다. 너 가져."

소설 〈젊은 느티나무〉의 여주인공 숙희가 커다란 느티나무를 두 팔로 안고 웃었다면, 나는 그가 사준 작은 해바라기 화분을 품에 안고 미소를 지었다.

나는 만화 보기를 좋아했을 뿐, 만화 창작은 내 능력 밖이라 생각했다. 하지만 이성에 대한 호기심은 '뚱손'에게 '금손'의 욕구를 타오르게 만들었다. 동혁 선배에게 댓글을 받으며, 꽁냥꽁냥 소통하고 싶었다. 스크롤바의 이동에 맞춰 그리는 웹툰은 내게 언감생심이었다. 새롭고 독창적인 캐릭터와 스토리를 창조할 자신도 없었다. 단지 300g 되는 두툼한 도화지에 슥슥 손으로 그림을 그리고 싶었다. 종이 감촉과 냄새, 거기에 펜이 닿으며 나는 사각사각 소리는 심장을 뛰게 했다. 내 전공을 활용해 나도 만화를 그리기 시작했다.

학과 전공과목에 한복 문화콘텐츠, 한복 디자인, 전통 복식의 역사 등 전통 복식 관련 강좌가 있었다. 차례로 들으며 한복에 대한 관심을 키워가던 중이었다. 나는 만화 등장인물에 〈조선시대 궁중 기록화〉에 깨알같이 그려진 사람들의 복색을 활용했다. 선비들이 남긴 문인화, 풍속화를 비롯한 각종 회화에 등장한 모든 것을 다소 해학적인 스타일로 그려 넣었다. 사람만이 아니라 회화에 나오는 새, 말, 강아지,

도망가는 닭 등 생물과 나무, 바위, 산 등 무생물도 특징을 잡아 만화에 담았다. 캐릭터를 익살스럽게 잡았다. 그 옛날 길창덕의 《꺼벙이》를 보며 얼마나 많은 아이들이 웃었는가 말이다. 판타지도 섞고 가끔 다른 시대 외국인도 등장시켰다. 특별한 창작 작품도 아니었고, 독창적인 만화도 아니었다. 다만 나의 사심 가득한 취미활동이었다.

동아리 웹 게시판에 10컷 만화를 그려 스캔해 올렸다. 동혁 선배는 컷을 따라 서너 개의 댓글을 달아주었다. 짧은 한마디였는데, 다른 누구의 장황한 글보다 마음에 콕 들어왔다.

'주정뱅이 놀식이라. 이웃집에 더 잘 마시는 노랑 곱슬머리가 사네. 이겨라! ㅋ'
'춘향이가 완전 박색이구나. 몽룡이는 어쩐다냐!'
'선주 그림은 느낌이 참 따뜻하구나.'

입꼬리를 올리며 열 번도 넘게 읽었다. 평범한 말도 누가 하느냐에 따라 전혀 다르게 다가오는 법이다.

동혁 선배는 우리들 가까이 섞여 있었지만, 곁을 내어주지는 않았다. 그의 삶을 깊숙이 들여다본 것은 아니지만, 그런 느낌이 들었다. 아침에 입고 나온 겉옷이 춥다고 느껴진 어느 늦은 오후, 소리 내어 부르면 들릴 만큼 떨어진 거리에 그가 걸어가고 있었다. 등에 찬바람을 지고 걷는 것처럼 보인다. 상의 점퍼 안으로 바람이 들어와 크로스백 끈이 가른 옷자락 양쪽이 펄럭였다. 난 가만가만 스무 걸음 정도 뒤에서 지켜보며 걸어갔다. 태양빛이 사라지고 학교 정문으로 향하는 내리막 언덕길이 주황으로 물드는 시간이었다. 한창 청춘인 그의 뒷모습이 황혼에 접어든 이처럼 고독해 보였다. 그의 뒷모습에 고독이 묻어나오는 것인지, 그것을 바라보는 내 감정이 고독에 빠진 것인지 판가름하기 어려웠다. 혼돈의 상태에서 말을 걸면 후회할 것 같아 걸음을 더디게 옮겨 그가 더 멀리 떨어져 걷다 인파 사이로 사라지게 하였다.

동혁 선배는 해산물, 특히 갑각류를 알러지 때문에 먹지 못한다고 했다. 그런데 고기 구워 먹는 것은 참으로 좋아했다. 밥을 같이 먹을 때는 고깃집으로 앞서 향했다. 하지만 호리호리한 체격에 정작 나만큼 밖에 먹지 않았다. 한창 만화와 게임 산업 이야기를 이어갔지만, 나는 만화 보기를 좋아하는 사람일 뿐이다. 제작에 대해서는 문외한이면서 TV 드라마를 좋아하는 애청자와 비슷한 경우다. 동혁 선배는 제작, 기획으로 달려가려는 사람이었다.

"이현세 씨가 그랬지. 만화계에 입문하니 자신의 재능이 도토리 키재기 수준임을 알았다고. 나는 이 시대의 수많은 천재와 승부할 생각은 전혀 없어. 이현세 씨가 천재는 인간이 넘을 수 없다는 신의 벽을 만나 좌절한다고 했는데, 나는 이 분야에서 나 스스로의 벽에 갇혀 버릴까 그게 두렵다."

진지한 그의 말 뒤에 내가 뜬금없는 말을 이어갔다.

"전 가끔 선배를 보면 어릴 때 본 동화책 표지의 그림이 떠올라요."

"응? 뭔데?"

"높이 담을 쌓아 올리고, 그 안에서 추위와 고독을 견디며 홀로 지내는 거인 그림이요. 문을 열어 사람을 들어오게 하고, 담을 아예 허물어 따뜻한 봄 동산으로 나갈 수 있는데 혼자 성안에만 있는 사람이요. 선배가 추구하는 창작의 세계를 말한 거는 아녜요."

"오스카 와일드가 지은 동화? 내가 그렇게 보이는구나."

"찬바람이 불고 눈이 내리는 한겨울의 정원에 혼자인 거인 이야기는 제게 외로움이 무엇인지 말해 주었어요. 어린 시절이었지만요."

그가 피식 웃었다. 두 볼에 보조개가 핀다. 홈척홈척거리더니 담배를 꺼냈다. 나를 보더니 얼른 도로 집어넣으며 말했다.

"졸업하면 끊는다! 네가 내 맹세의 증인이다."

1년여를 이어진 내 사심의 일단락은 동혁 선배의 졸업이었다. 동아리 회원으로 자주 어울리고, 간혹 둘이 보낸 시간도 있었지만 따로 약속해 만난 것은 아니었다. 가까웠지만, 그렇다고 이성으로 사귀는 사이는 아니었다. 따끈한 사케를 옆자리에서 마시며 볼 빨간 사춘기 여학생처럼 얼굴에 홍조 띤 청춘은 나만의 스토리였다. 나 역시 은근히 수업 시간표를 점검하며 어슬렁어슬렁 동아리 방을 기웃거리던 소심한 후배 여학생 중 하나였다. 소파의 푹신함을 핑계로 만화책 끼고 앉아있으면서 레이더망을 가동해 캠퍼스를 뒤진 진부한 청춘도 내 스토리였다. 몰래 한 짝사랑이라고 생각했는데, 지나고 보니 있는 티를 다

내던 얼치기 바보였다. 동혁 선배가 일상을 그린 만화에 잠시 등장한 좀 모자란 여학생이 나였을까?

그렇게 지나간 시간 속에 그에게 내 이름이 어떤 의미였는지는 모르겠다. 어차피 이제 어떤 의미였든 달라질 건 없다. 딱 한 번 아주 늦은 밤, 완전히 술에 취한 그가 전화를 했었다.

"선주야. 지금 내가 술을 많이 마셨어. 그래서 하는 말은 아닌데 나는 네가 참 좋다. 너는 정말 같이 있고 싶은 사람이다. 하지만 난 네 삶을 존중한다."

그답지 않게 목소리 톤이 다소 높았고, 횡설수설했다. 그리고 끊었다. 그 고백에 그날 밤 내 심장은 지구를 뚫고 저 아래 어디로 떨어졌다. 하지만 그 한 번뿐이었다. 그 통화는 제목도 붙이지 못한 채 임시 저장되었지만 꺼내볼 일 없는 제목 없는 파일이 되었다.

나는 어떻든 만화가 아닌 내 길을 가야 했다. 가본 일 없는 캄캄한 길을 걸어야 할 때 불빛을 들고 앞서가는 사람은 얼마나 의지가 되는지 모른다. 학과에 전통의상을 전공한 교수가 있고, 그 강의가 매번 개설됨은 전통문화에 관심이 있던 나에게 어두운 밤길에 길을 비추는 방향지시등이었다. 특히 침선장의 수업을 수강한 것을 계기로 침선전문가 과정도 수료했다. 기술을 더 익혀야 하겠기에 무형문화재에 선정된 침선장에게 2년 동안 기술을 전수받고 나니 나이가 서른이 훌쩍 넘었다.

간신히 전통문화 관련 특수대학원, 연구소, 공공기관 등에서 한복 관련 침선공예 강좌를 맡아 분주한 날을 보냈다. 매일 이리 뛰고, 저리 날아다니지만 딱히 안정된 직장이 없으니 자격지심과 불안감이 물안개처럼 피어오르곤 했다. 전수가 중요한 분야에서 그나마 내게 일이 이어졌던 까닭은 내 영어 능력이 한몫했기 때문이다. 국제문화교류를 확대하는 정책으로 외국인 수강생을 겨냥한 전통의상 강좌가 밥은 먹고 살 길을 열어주었다.

좋아하는 일이 먹고 살 수 있는 길로 열린 사람은 축복이다. 동혁 선배도 어려움이 있고 무지막지한 노력을 쏟았겠지만 게임으로 달려나가 저기 어디쯤 위에 올라앉아 있다. 그는 게임학 전공으로 박사학위를 받고 게임 회사 프로그램실 실장을 거쳐 지금은 정부 주도 게임 분야 교육기관에서 게임 기획 교육을 담당하고 있다. 게임제작이론을 가르치고, 게임디자인을 총괄하며, SNS 활동도 활발하게 한다. 게임 프로그래밍에 대한 책도 출간해 후배들에게 보냈는데, 나는 한 페이지도 읽어내지 못했다. 등고선에 표시하면, 나는 아직 해안 지역 도로변 어디에 있는데, 그는 표고점 부근에 오른 사람으로 느껴졌다.

그런 동혁 선배가 문득 전화를 걸어 도움을 청할 일이 무엇일까. 게임 제작기획안이라니… 생소한 기획안이다.


"당연히 선주가 최적의 조언자니 내가 이렇게 부탁 전화를 했지. 이번에 기획한 게임이 있는데 도자기와 도공들이 나와. 네가 전통의상 전공했으니, 조선시대 사람들의 일상, 복장, 특징이나 도기와 자기, 토기, 질그릇 등을 한번 검토해 줬으면 해서."

대학원생과 조교 놔두고 왜 나를 오라 하는지, 슬그머니 귀찮았다. 도공이라니… 뜬금없게 여겨졌다.

동혁 선배에게 가기 위해서는 버스를 한 번 갈아타고 한 시간가량 소요되는 거리를 이동해야 했다. 그나마 청계산 자락의 자연을 감상하며 달리는 길이라 짜증은 올라오지 않았다. 서울과 공기가 얼마큼 다를까 쿵쿵거리며 걷는데 외관이 세련된 건물들이 시야에 들어왔다. 동혁 선배가 오라는 건물의 외부 하단은 나무로 장식되어 친근하며 따뜻한 느낌이었고 3층 위로는 유리 벽면이 햇볕을 받아 반짝였다. 안으로 들어서니 널찍한 로비가 우윳빛 대리석으로 꾸며져 으리으리했다. 커다란 유리창에 내려진 블라인드는 브라운색 나무 재질이라 고급스러웠다. 1층 한쪽에 커피숍도 있었다. 〈함께 꿈을 만들어 창조의 나날을 열자〉는 글귀가 걸려있다. 내게 창조는 무엇일까를 한 땀 한 땀 짚으며 엘리베이터를 탔다.

동혁 선배는 건물에 걸맞은 세련된 차림으로 반겨 주었다. 소심한 노크에 연구실 문이 활짝 열리는 순간 눈에 들어온 흰 셔츠가 유달리도 더 희다.

"아이고 이거 오느라고 수고 많았어. 아, 서로 인사해. 여긴 나와 예전부터 알던 친구야. 내가 긴급 수혈을 부탁했어. 이쪽은 대학 후배 강선주!"

동혁 선배의 소개에 컴퓨터를 향해 앉아있던 여자가 표정의 변화 없이 살짝 눈인사를 던졌다. 혼자 오버할 수 없으니 나도 말없이 고개만 가볍게 끄덕였다. 내가 콘텐츠를 들여다보는 동안, 그녀는 동혁 선배의 기획안을 출중한 솜씨로 수정 보완해 나갔다.

"오늘 날 살려줄 귀인이 북쪽에서 온다더니 너구나!"

척척 화면을 만들어가는 그녀 옆에서 동혁 선배는 연신 감탄했다. 저쪽이 귀인이면 나는 무수리 정도 되는 것일까.

"늘 내가 하는 일인걸요. 364일 이런 것만 작성해요."

그녀는 총명해 보이는 눈과 가늘고 흰 손가락을 부지런히 움직이며 말했다. 화장기 없는 얼굴에 검은 단발머리가 유난히 반짝반짝 윤이 났다. 지적이고 정적인 그녀가 뿜어내는 열정적인 에너지는 나를 위축시켰다. 세 사람 사이에 작업 관련 말을 제외한 다른 사적인 말은 오가지 않았다. 가끔 두 사람이 대화를 나눴지만 그사이에 내 말을 섞고 싶지 않았다. 자리를 함께한 예의를 차리느라 그들 대화에 가끔 건성으로 고개만 주억거렸다.

연구실에서 작업하는 내내 그녀는 어마무시하게 담배를 피웠다. 잠시 멈추나 하는 기대를 1초 만에 사라지게 하는 줄담배였다. 담배 연기로 눈이 쓰리고 질식할 것 같았다. 확인할 수 없지만 분명 그녀의 가늘고 흰 손가락은 담뱃진으로 누렇게 변했을 터이다. 건물 자체가 금연일 텐데, 동혁 선배가 저지하지 않으니 난들 도리가 없었다. 슬슬 부아가 났다.

'하! 이런 매너 없는 경우가 있나!'

나의 호흡에 그녀의 담배 연기를 섞지 않을 권리가 있었지만 주장하지 못했다. 후배들이 걸을 때 신발만 끌어도 한마디 하던 동혁 선배인데, 그녀에게는 아무 말도 하지 않았다. 벌겋게 실핏줄이 올라온 내 흰자위는 완전히 외면당했다. 저녁 9시가 가까워서야 하던 작업을 마무리했다. 그녀가 화장실에 간 사이 연구실을 정리하며 동혁 선배가 혼잣말을 했다.

"어휴~ 쟤는 무슨 담배를 이리도 많이 피우나."

퉁바리 한번 안 놓더니 없는 자리에서 무슨 생색인가 싶었다. 그날부로 내 마음에 오래 저장되어 온 동혁 선배의 썸네일이 교체되었다. 매캐한 담배 연기에 휘감겨 눈도 제대로 뜨지 못한 누런 얼굴의 남자로 자동 변환되었다.

그다음 날도 연구실 문을 여니 그녀가 있었다. 기획안을 끝맺기 위해 연차까지 냈다고 한다. 역시나 연구실 공간은 빈틈없이 담배 연기로 가득하다.

"이거 얘가 나 사줬다."

반짝반짝 은색으로 빛나는 라이터를 동혁 선배가 들어 보였다. 책상 위에는 금색 띠가 둘린 감색의 작은 포장 상자가 놓여 있었다. 컴퓨터를 향해 앉은 그녀는 말없이 어색한 미소를 지었다. 두 사람의 속내를 알 수 없지만 거치적거리는 방해꾼이 된 기분이 스멀스멀 솟아났다. 동혁 선배는 흡연자였지만, 식사 뒤 어쩌다 한 대 피우는 정도였다. 그나마 나이 마흔에 결단코 끊겠다던 사람이었다. 값나가는 은색 라이터를 선물 받았으니 어쩐다나.

그녀와의 만남은 숨겨진 나의 결핍을 끄집어내었다. 내로라하는 안정된 직장, 아래 직원이 5명이나 되는 부서장 자리, 최고 학벌과 능력, 단정한 외모와 고급스러운 복장까지 그 모든 조건은 내게 결핍된 것들이었다. 하지만 화장기 없는 얼굴에 아주 조금만 보이는 그녀의 미소는 왠지 쓸쓸했다. 이 무슨 한심한 부러움과 쓸데없는 오지랖인가. 집에 가는 길에 화장품매장에 들러 부석한 머릿결에 조금이나마 윤기를 선사할 오일을 30분도 넘게 고르고 골라 샀다. 내 꼬락서니가 스스로도 웃겨 피식 헛웃음이 나왔다.

동혁 선배가 기획안이 통과되었다며 전화했다.

"모두 도와줘서 제출한 기획안이 지원사업에 선정되었다. 애써줘서 고맙다. 작업에 본격적으로 들어가야 하는데, 도움 요청하면 와주는 거다!"

킥오프 미팅을 해야 한다며 답할 겨를도 주지 않고 급하게 끊었다. 내가 심부름센터 도우미도 아니고, 그 능력 있는 후배 놔두고 왜 나를 부르나. 혹여 그녀와 다시 만나 작업하는 일이 생기면 은색으로 빛나는 작은 가위를 그녀에게 선물로 들이밀고 싶다. '예연(刈煙)','할연(割

煙)' 등의 문구를 새겨 그녀 손가락 사이에 낀 담배 중간을 싹둑 자르고 싶은 욕구를 전하고 싶다.

동혁 선배가 내게 SOS를 청하는 전화는 오지 않았다. 동아리 회원 연락 담당으로 웹툰에 뛰어든 동창을 통해 엄청 바쁘다는 소식만 들었다. 3년간 준비해 해외시장을 겨냥한 PC/콘솔 게임을 출시했는데, 벌써 판매량이 백만 장을 넘어섰다고 했다. 게임 런칭 이벤트에 축하 문자를 보냈더니 날아온 답이라 했다. 서비스 오픈하고 1~2주면 게임의 성과가 결판나는 모바일 게임과 달리 PC/콘솔 게임 판매량이 해외에서 증가추세라며 들뜬 목소리였다고 한다. 지난번 기획안도 정부 지원사업에 선정되었다고 하니, 재능을 원 없이 불태우는구나 싶다.

'그래요, 분야는 다르지만 K-문화로 해외에 진출해 잘 살아남아 봅시다.'

그녀가 떠올라 삐딱한 맘으로 뇌였다.

광장시장을 쏘다니는 시간은 행복하다. 가까이에서 원단을 들여다보면 어서 옷으로 만들고 싶어 손가락이 근질거린다. 소품 가게를 구경하고 2층으로 올라가 연분홍색 양단과 가지보라색 화섬견을 합해 원단 10야드를 샀다. 점심을 걸렀더니 출출하다. 시장을 빠져나오는 길에 빈대떡 4장을 샀다. 뜨끈한 비닐봉지를 가방에 넣고 주차한 차가 있는 공영주차장으로 발걸음을 재촉했다. 가방에서 부르르 휴대폰 진동이 느껴졌다. 동아리 연락 담당이 장례 안내 문자를 보내왔다.

'이.동.혁.' 분명 그 이름 세 글자가 찍혀 있었다. 오후에 학생들과 농구를 하다 갑자기 쓰러졌는데, 끝내 의식을 회복하지 못하고 5일 만에 떠나갔다고 했다.

장례식장은 주차장이 만원이었다. 안내요원의 지시에 따라 병동 지하에 간신히 주차를 했다. 내 정신을 믿을 수 없어 주차한 곳 기둥 사진을 휴대폰으로 찍고 올라갔다. 장례식장은 내가 매일 지나다니는 도로변에 위치해 있다. 교통체증이 심한 도로라 움직이지 않는 차 안에 앉아 물끄러미 검은색 옷차림에 발걸음을 재촉하는 사람들을 바라보곤 했었다. 오늘은 그 안에서 비극을 마주한 사람들의 무거운 발걸음에 황망한 내 발걸음을 섞는 날이다.

주차장에서 장례식장 정문에 이르는 길은 다소 경사가 있었다. 건물 왼쪽 모퉁이에 검은색 옷차림의 사람들이 웅성대며 흰 연기를 뿜어대고 있다. 스무 걸음 정도 더 올라야 하는데 한 무리의 끽연가들 사이에 선 그녀가 눈에 들어왔다. 고개를 숙이고 있어 반짝이는 생머리가 얼굴을 가렸다. 검은 머리와 검정 옷 때문에 손가락 사이 흰 담배가 유난히 눈에 띈다. 내 청춘을 설렘으로 채우며 늘 그만치 스무 걸음 거리에 있던 동혁 선배가 그녀의 담배 연기처럼 공중에 흩어졌다.

오늘 나는 이 비통함의 늪에 내 영혼까지 완전히 가라앉을 터이다. 아마 한참 동안 내내 그러할 것이다. 그러다 마침내 9월이 오면 키 작은 해바라기 화분을 안고 바람 부는 들판으로 나아갈 터이다.

SEON

# 10km 어디쯤

수연이가 방에서 나오지 않는다. 분명히 오전에 수업이 있는 화요일이다. 찬물을 한 컵 들이켰는데도 입이 마르고, 심장이 조인다. 아니나 다를까, 열린 방문 사이로 수연이 비명이 터져 나온다.

"나 학교 안 가! 골룸이야. 내 꼴이 골룸이란 말이야."

1분만, 1분만 생각을 정리하고 말마디를 잡아보자. 1분 사이 내 몸에서 피가 다 빠져나가는 것 같다. 아침을 아직 안 먹은 탓인지, 반복되는 이 전쟁에 다시 떨어진 폭탄을 수습해야 하기 때문인지, 손이 파르르 떨려온다. 방문을 사부작 열고 들어가니 침대 위에 벽을 향하고 앉아 열 손가락을 펴 머리를 움켜쥔 채 이마를 벽에 쿵쿵 찧고 있다.

"그러면 머리 더 상하잖아. 수연아…"

내가 다가가 오른손을 살짝 잡았다. 내 손은 차갑고, 수연이 손은 뜨겁다. 반복적으로 벽에 머리를 찧던 행동을 조금 주춤했다.

"학교 가기 싫으면 가지 마. 그까짓 학교 안 가면 어때. 엄마랑 두피 관리 받으러 또 갈까?"

곁눈질로 슬쩍 나를 쳐다본 뒤 두 무릎 사이에 얼굴을 파묻고 소리 내어 운다.

"난 왜 이 꼴이야. 내가 뭘 그리 잘못해서 이 꼴로 살아야 하는 거야. 두피관리 받으면 뭐 해. 아무 소용도 없어. 이거 봐. 볼에 여드름도 또 엄청 솟아올랐어. 난 괴물이야."

다시 그 희고 긴 손가락을 머리카락 사이로 넣다 빼며 손가락으로 머리카락을 쥐어뜯는다. 손가락 사이로 긴 머리카락이 엉겨 붙는다. 어디에서 저리도 끈질기게 자꾸 올라오는지 양 볼 언저리에 솟은 붉은 여드름이 더 붉어진다.

"수연아, 수연아. 네가 뭘 잘못해서가 아니야. 사람마다 살다 보면 예상치 못한 어려운 일이 닥치는 거야. 하지만 언제나 방법은 있어. 영원히 이 상태가 지속되지는 않아. 지금 일시적인 거야. 스트레스로 탈모도 오고, 머리가 완전히 희게 변하는 사람도 있었어. 머리는 언젠가 해결되고, 여드름도 평생 가지 않아. 아빠 엄마도 젊었을 때 여드름 많았어. 지금은 더 이상 안 나잖아. 오늘 그럼 엄마랑 함께 이런저런 볼일 보자. 응."
"그런 말 하지 마! 나는 내가 잘 알아. 엄마가 나에 대해 뭘 알아. 난 계속 이 꼴로 살게 될 거야."
"지금의 너로 네 미래를 단정할 수는 없어. 넌 지금 스무 살이야. 서른 살, 마흔 살, 쉰 살의 너는 아직 오지 않았잖아. 우리가 할 수 있는 것은 직진뿐이야. 돌아갈 수도, 날아갈 수도 없지만, 그럴 필요도 없어. 너는 지금 위치에서 앞날을 보며 걸어갈 수 있는 능력이 있어. 한 걸음 한 걸음 걷다 보면 지금과 달라진 너를 분명히 만나."

수연이는 내 말에 대꾸를 피한 채 왜 자기를 낳아 이렇게 고통스럽게 살게 하느냐며 서럽게 운다. 수연이의 눈물이 폭포수처럼 내 심장을 때린다. 옆에 앉은 내가 전화로 한의원 예약하는 것을 말리지는 않았다.

'그래, 너는 얼마나 힘들면 그러겠니. 너도 무언가 붙잡고 나아가고 싶은 걸게야.'

다시 수연이의 웃음소리를 듣게 될 때까지, 어릴 때처럼 '엄마 사랑해'를 말할 때까지 엄마로서의 길을 직진할 수밖에 없다.

수연이를 달래 집을 나왔다. 두 손을 점퍼 앞주머니에 넣고 모자를 깊이 눌러쓰고 나에게 시위하듯 발끝을 툭툭 팔자 모양으로 던지며 걷는다. 밑창 바깥쪽이 닳은 신발 바닥을 보이며 팔자걸음을 고쳐보라고 이미 두어 번 말했기에 더 이상의 말은 하지 않았다. 소개받은 한의원은 여드름 치료를 특성화한 한의원이었다. 침과 한약만이 아니라 원장이 상세하게 상담도 해 준다 하여 수연이를 설득했다. 젊은 남자 한의사는 내가 옆에 있어도 되느냐는 말에 흔쾌하게 괜찮다고 했다.

"아. 정수연 씨시죠. 특별히 불편한 점을 말해 보시겠어요?"

"저 볼 주변과 목에 이 화농 있는 큰 여드름하고요, 6개월 전부터 탈모도 진행되어서요."

"아 저런. 탈모는 어느 날 갑자기 시작되었나요? 아니면 조금씩 진행되었나요?"

여드름과 두피를 자세히 살펴보고 여러 가지를 수연에게 물었다.

"에너지 레벨은 어떠신가요? 일어나기 힘들거나, 평소에 하던 일인데 기력이 딸리는 증세가 있나요?"

"불면 때문에 오전이 힘들어요."

"잠들기까지 시간이 얼마나 걸리나요?"

한의사는 수연이에게 질문을 던지며 부지런히 컴퓨터 자판을 쳤다. 가슴이 답답하거나 막힌 것 같은 증상은 없는지, 두통이나 어지러움은 없는지, 소화 기능과 배변 상태 등을 물었다. 수연이는 조곤조곤 자기 상태를 잘 설명했다. 내 딸이 간절히 도움을 요청하고 있음이었다. 어떤 방식으로든 수연이의 이야기를 들어주며 이 상황을 함께 해줄 사람을 만난 것 자체가 나에게는 위안이었다.

한의사는 탈모와 여드름의 원인은 여러 가지인데 만성이므로 차근히 치료해 보자고 했다. 당장 여드름과 탈모가 눈에 띄게 달라지기를 기대하기는 어렵지만, 일단 우울감과 수면 장애는 도움이 될 거라고 안내했다.

"약을 좀 드시고 장기적으로 생활 습관을 개선할 필요가 있어요. 그리고 심리상담 도움도 권해 드려요. 5번 정도 받아 보세요. 사람마다 효과는 다르지만 여기도 5번 이상 오시면 좋겠어요."

수연이가 끄덕끄덕했다. 침구실에 수연이가 눕고 나는 구석 의자에 앉았다. 의사가 들어와 수연에게 물었다.

"침 맞아 보신 경험 있으세요?"
"없어요."
"들어갈 때 약간 따끔하고 우리하거나 묵직한 느낌이 있을 수 있어요. 자연스러운 거니 걱정하지 마시고요. 몸에 힘을 빼시고요, 어디가 찌릿하거나 저리면 즉시 말해 주세요. 이제 인당혈에 침을 놓을 건데 심리적인 안정에 도움이 될 거예요."

수면과 소화에 도움이 될 거라면서 침을 손목 아래쪽과 정수리 어간에 놓고, 이어 인당혈이라면서 눈썹 사이 미간에도 놓았다.
병원에서 돌아와 수연이는 늘어지게 잠이 들었다. 불면으로 시달리는 아이가 평소답지 않게 숨소리를 크게 내쉬며 세상모르고 잠들었다. 나는 가만히 카디건을 걸치고 밖으로 나왔다. 도시계획, 도시미관이라는 말과 상관없이 지어진 낮은 주상복합건물이 좁은 골목을 따라 촘촘하게 들어선 골목 끝에 자리한 아파트이다. 그나마 뒤쪽으로 인간의 거주 공간이 끝내 밀고 들어가지 못한 산자락이 남아있다. 한국전쟁의 격전지로 유명한 노고산이 뒷동산처럼 아파트를 품어준다.

몇 걸음만 옮겨도 깊게 느껴지는 이 산이 가까이 있음이 나에게 축복이다. 임금님 귀는 당나귀 귀를 외치듯 소리 내지도 못하고 질러대는 나의 외마디를 산이 담아주는 것 같다.

"제발, 제발 저 좀 살려줘요!"

어릴 때처럼 어둠 속에 검은 형체만 보이는 숲을 향해 외쳤다. 나는 진즉부터 내 이야기에 귀를 기울여줄 누군가를 바라 본 일이 없다. 시골 농군인 아버지 엄마는 생존 자체가 고달픈 분들이었다. 엄마에게, 때로는 아버지에게 했음 직한 말을 높지막한 뒷산, 그 자리에 늘 버티고 있는 나무, 꼼짝하지 않는 바위, 살랑대는 풀, 그런 것을 향해 외쳤고, 그렇게 나를 수습하며 성장했다.

'수연이와 병원에 다녀왔어. 한 걸음씩 힘내 걸어가 볼게.'

남편에게 뭉뚱그린 1줄 안부를 남겼다. 다른 나라에서 어쩔 수도 없는 남편에게 어디까지 말해야 하나, 과연 해야 하나, 늘 생각이 앞선다. 몇 번을 고치고 고쳐 간단히 근황을 전했다. 그 한 줄 뒤에 숨은 장편소설을 남편이 읽을 수 있을까.

남편과는 대학 종합병원에서 만났다. 나는 3교대 계약직 간호조무사였지만, 남편은 영상의학과 방사선사로 공개 채용된 정규 직원이었다. 본관 로비로 들어오면 11시 방향 정도에 영상의학과와 정형외과가 나란히 있었다. 1년 넘게 근무했지만 남편이 먼저 말을 걸기 전까지는 본 일이 없던 사람이었다. 늘 그렇듯이 그날도 도움을 제공해야 하는 여러 명의 노인 환자가 있었다. 수납하고 채혈실로 이동해 채혈하고 돌아가시면 된다고 말해도 멍한 표정으로 다시 묻기 일쑤다.

"아이구, 나 지금 아가씨가 무슨 말 하는지 하나도 못 알아듣겠어."

다음 환자 진료를 진행해야 하는데, 노인이 꼼짝하지 않고 그 자리에 서 있다. 중절모 아래 눈동자가 혼란으로 어수선하게 흔들렸다. 때마침 도움을 청할 안내 자원봉사자도 보이지 않았다. 동동걸음으로 로비를 가로질러 위치한 채혈실을 안내했다.

10시간 넘게 음식은커녕 물도 마시지 못한 데이 교대가 끝났다. 집에 가기 전 로비 옆 편의점에서 보리 음료를 샀다. 그거라도 마셔야 발을 옮길 힘이 났다. 보리 음료를 사서 나오는 그때, 편의점 입구 옆 ATM 앞에 섰던 남편이 말을 걸어왔다.

"그 음료 정말 보리차 맛인가요? 어릴 때 어머니가 끓여주시던 그런."
"아, 이거요? 네에. 구수해요."

'당신 어머니가 끓여 주시던 보리차 맛을 제가 어찌 압니까?' 하는 말을 꿀꺽 삼켰다. 더 신경이 곤두서기 전에 얼른 집에 가야지 싶었다.
보리 음료 맛으로 말을 걸어온 남편은 매일매일 다른 말을 줄기차게 걸어왔다. 이어 조용한 전통찻집, 새로 개업한 만두전골 전문점, 신선한 루꼴라를 넣은 샌드위치집 등으로 나를 데려갔다. 나는 다음 달

근무표를 알 수 없기 때문에 미리 약속 잡기가 어려웠다. 빨라야 2주 전에 나오므로 그에 앞서 개인 일정을 짤 수 없었다. 그 사정을 잘 아는 남편은 모든 약속을 내 위주로 잘 맞춰 주었다. 1년 뒤 결혼했고, 2년 뒤 처음 집을 마련했다. 마포 대흥로 중간 무렵 좁다란 고산로로 꺾어 들어가 한참을 올라가 자리 잡은 연립주택 4층의 방 2개짜리였다. 장을 보고, 수연이를 업고, 유모차를 이고 지고 4층 계단을 오르내리며 진땀도 많이 흘렸다.

꼼짝도 안 하고 13년을 살다가, 언덕을 조금 더 올라 산 바로 아래 들어선 아파트 19층으로 이사했다. 깨끗한 새 아파트에 새 방을 예쁘게 꾸며주고 나날이 성장하는 수연이를 볼 기쁨으로 들떴다. 매일 건네받는 삶의 쪽대본이 무대에 올라 있는 자들의 바람대로면 '상처', '위로' 등이 화두로 난무할 리가 없겠지. 대본의 한 줄은 내 기대에 맞았다. 계단에서 해방되었다.

간호조무사였던 나는 수연이를 가진 뒤 병원을 그만두었다. 아이를 봐줄 사람도 없고 갓난아기를 남의 손에 맡기기도 싫었다. 간호조무사로 복직할 기회는 어렵지 않으려니 싶어 대학병원을 그만두었다. 남편은 당신의 선택은 무조건 지지한다며 모든 일에 무리하지 말라고 하였다. 수연이가 만 4살이 될 때까지 나는 수연이 양육에 집중했다. 흔한 말로 우리도 부모가 처음이었지만 남편은 성실하고 자상했으며, 나도 최선을 다했다. 수연이는 나를 닮았는지 아기 때부터 유달리 잠이 없었다.

수연이가 다섯 살 무렵이었다. 낮잠을 재우려 옆에 누워 토닥토닥 두드리며 조용조용 노래를 불러주었다. '섬집아기'를 불러주는데 갑자기 수연이가 눈물을 펑펑 쏟으며 울었다.

"엄마, 혼자 잠자는 아가가 너무 불쌍해. 엉엉~"

갑자기 터진 수연이 눈물과 감정을 가라앉히고 다시 재우느라 한참이 걸렸다. 수연이는 그렇게 눈물이 많았다. 그때나 지금이나 나는 허겁지겁 바쁜 마음으로 굴을 따는 엄마가 마음 아프다.

수연이가 몬테소리 유치원에 다니기 시작하여, 나도 복직을 알아보았다. 어린아이 하나 있는 도시의 3인 가족인데, 생존 비용을 채우기 팍팍했다. 남편 형제들과 1/n로 할당된 시어머니 요양원 비용도 올랐고, 시골에 혼자 계신 엄마 살림살이도 마음에 걸린다. 수연과의 앞날을 위해 우리의 경제력도 키워야 했다. 간호조무사는 1년이 멀다 하고 이직도 잦았지만 자리를 구하기도 어렵지 않았다. 지하철로 한 정류장인 신촌역 가까이 제법 규모를 갖춘 정형외과에 취직했다. 원장이 까다로웠지만 법적으로 문제 되는 일은 하지 않았고, 직원들과도 원만해 다닐 만했다.

하지만 나는 3개월을 못 채우고 사직했다. 유치원의 일과 운영은 오전 일과, 방과 후 과정, 그리고 저녁 6시 40분까지의 저녁 돌봄 교실로 진행되었다. 나와 남편이 아무리 부지런히 달려와도 6시가 조금 지나야 했다. 그 하루가 수연이에게 너무 길었다. 어느 날 수연이를 데리러 갔더니 '방과 후 전담사' 선생님이 조심스러운 표정으로 다가와 말을 건넸다.

"어머니, 수연이가 오전 일과가 끝나면, 오후 과정에는 잘 참여하지 않아요. 겉옷을 꺼내 입고 가방을 메고 쪼그리고 앉아 엄마만 기다려요."

"그러면 과정에 전혀 참여하지 않나요?"

"안 보이는 곳에 숨어 웅크려 있기도 하고, 책상 밑에 들어가 있기도 해요. 데리고 나와도 적극적으로 활동에 참여하지 않아요."

선생님은 수연이가 소리를 내지 않으려고 겉옷을 머리에 뒤집어쓰고 '엄마~ 엄마아~'하면서 숨죽여 흐느끼는 모습도 보았다고 했다. 구석에 숨어서 울다가 눈물을 닦으며 혼잣말로, '이제 괜찮아. 괜찮아.'하면서 아무렇지 않은 얼굴로 선생님에게 왔다고 한다.

'하루만 더 있어 보자, 하루만 더 지켜보자.'

입술을 잘끈 깨물며 하루하루를 반복하다 결국 그 반복을 중단했다. 눈물이 얼룩진 수연이 얼굴을 더 이상 볼 수 없어 병원을 사직했다. 차마 남편에게 선생님이 한 말을 전하지는 못했다.

간호조무사 이외에 다른 경험이 없으니, 경험 없어도 되는 파트타임 일을 하기 시작했다.

"당신은 수연이만 잘 돌봐. 수입에 맞게 지출을 잘 요량해 보자."

"그러고 싶지만 도저히 지출을 감당하기 어려워. 점심시간 전후로 서너 시간 일하는 카페, 식당을 알아볼게."

인구밀도가 높고 다양한 상점과 식당이 밀집해 있는 곳이라 마음만 먹으면 '아줌마'로 일할 자리는 있었다. 나는 머리망에 파마머리를 돌돌 말아 넣어 한 올도 삐져나오지 못하게 올리고, 빨아도 소용없는 음식 얼룩이 진 앞치마를 두른 주방 아줌마로 굳어갔다. 정갈한 유니폼을 입은 병원에서의 내 모습은 음식 냄새에 휘감겨 뿌옇게 날아가 버렸다. 튀긴 기름 냄새가 머리와 옷에서 풀풀 났지만 3시에 오는 수연이를 부랴부랴 맞을 수 있어 다행이었다.

기름 냄새는 세포 속까지 스며들어 씻어지지 않는 것 같았다. 주방 환기가 원활하지 않은 식당에서 일할 때면 내 몸의 모든 세포마다 배인 냄새에 나도 진력이 났다. 수연이를 데려오고 간식을 챙겨 먹이고 언제나 곧바로 샤워를 했다. 향이 강한 샴푸로 머리를 두세 번 감아내도 기름 냄새가 맡아졌다. 한번은 일본 라면집에서 일했는데, 가게 뒤쪽에 자리한 주방에 창이나 문이 없었다. 화구에서 뿜어져 나오는 열기가 환풍기만으로 빠져나가지 않았다. 주방 제일 안쪽에 볶음과 튀김용 화구가 위치했고, 그 옆에는 닭을 고아낸 커다란 라면 육수 냄비가 늘 약한 불 위에 얹어있었다.

주방 제일 안쪽의 화구는 볶음요리를 담당한 아줌마의 자리였다. 한여름에 그 아줌마를 보노라면 내 마음까지 화덕 속으로 끌려 들어갔다. 저렇게 땀을 흘리다 쓰러지지나 않을까 싶었다. 나이 예순이 넘은 그 아줌마는 수연이 때문에 절절매는 나를 보며 어느 날 남의 말하듯이 한마디 툭 던졌다.

"우리 애들 애기일 때, 봐줄 사람이 없는데 일은 해야 하고, 4살과 5

살 연년생 남매를 단칸방에 먹을 거 놔두고 어디 못 나가게 긴 끈으로 묶어두고 나왔어. 저녁에 가보면 둘이 입 주변에 묻은 음식이 말라붙은 채로 부둥켜안고 잠들어 있는 거 보고 내가 울기도 많이 울었어."

"많이 힘드셨겠어요."

그 이상 무슨 말을 할 수 있을까. 아줌마는 공부시키고 다 키우면 될 줄 알았는데, 뒷바라지가 끝이 없다며, 집 담보로 사업한다는 자식 있으면 절대 해 주지 말라고 했다. 그렁그렁 솟아올라 고이는 눈물을 눈꺼풀로 깜짝여 떨어뜨리고 돌아선다. 참 모진 세월이구나 싶어 마음이 아렸다.

시골에서 중학교만 졸업하고 평생 텃밭을 매며 살림을 꾸려오느라 등이 굽고 무릎 통증에 시달리는 내 엄마. 얼굴이 패이도록 깊게 자리 잡은 주름 사이마다 기미와 주근깨가 새카맣게 앉았고, 평생 손톱 깎을 필요 없이 일에 시달린 거친 손의 엄마를 보며 성장했다. 나의 좌우명은 '절대로 엄마처럼 살지 말자'였다. 2남 2녀에 할머니까지 내내 모시고 사는 엄마의 등은 언제나 땀으로 젖어 무거워 보였다. 그런데 적어도 고등학교, 또는 그 이상을 졸업하고 서울에 사는 '엄마'인 우리들의 삶이 왜 이토록 고될까. 빡빡한 생활비를 수도 없이 셈해 보며 좁은 콘크리트 공간에서 땀 흘리는 아줌마로서의 힘겨운 노동을 감내하는 도시의 엄마들이다.

가장의 몫을 해내는 '아저씨'의 어깨도 무겁다. 남편은 고등학교 1학년 때 아버지를 폐암으로 잃었다. 아버지의 기침을 간과하는 사이 폐암이 4기까지 진행했고, 진단받은 지 6개월여 만에 돌아가셨다고 했다. 그 때문인지 남편은 담배를 입에도 대지 않을뿐더러 나의 기침 소리에도 예민하게 반응했다.

"생각해 보니 아버지가 기침만이 아니라 목소리가 좀 쉰 듯했어. 감기 때문에 그러려니 하는 사이 완전히 악화되었던 거야. 미리미리 정확히 진단해야 해."

갑자기 아버지를 잃은 남편은 자신의 성적으로 가장 취업이 확실하다고 생각한 전공으로 방사선학과를 택했다. 내가 간호조무사를 선택한 것처럼, 남편도 최우선으로 생계를 고려해 택한 길이다. 우리는 적성이 무엇인지 모른다. 남편이나 나나 반복되는 일에 적응해 갈 뿐이다. 그는 대학 3학년 때 방사성동위원소 취급 면허와 졸업 후 방사선사를 취득했다. 자기공명영상장비(MRI), 컴퓨터단층촬영장비(CT)를 비롯한 최첨단 디지털 의료 장비는 수입품이었고, 그것을 다루는 방사선사는 영어 실력이 중요했다. 초등학교 때 2년 동안 미국에서 학교를 다닌 남편은 영어 구사가 자유로워 어렵지 않게 취업했다.

수연이는 힘겨운 엄마와 어깨가 무거운 아버지의 발걸음보다 빠른 속도로 달려가듯 성장했다. 초등학생이 된 수연이는 그림이 없고 글자로만 된 책들도 읽어 나갔다. 하지만 학교 공부를 자기만의 방식으로 했다.

〈문제 : 흥부가 복을 받은 까닭은 무엇인지 쓰시오.〉

수연이의 답안에는 빨간 색연필로 굵은 사선이 그어져 있었다.

〈답 : 놀부가 집에서 쫓아냈기 때문입니다.〉

"수연아. 흥부전은 잘 알려진 내용인데, 왜 답을 이렇게 썼어?"

"흥부는 원래 착한 사람이잖아. 흥부는 어디에 살건 제비 다리를 치료했을 거야. 하지만 놀부 집에 살고 있었으면 그 복은 놀부한테 가잖아. 그러니까 놀부가 집에서 쫓아냈기 때문에 그 복을 흥부가 받을 수 있던 거잖아."

수연이는 끝까지 주어진 답안에 동의하지 않고 자신의 답이 맞았음을 설득했다. 중학교에서도 마찬가지였다.

〈문제 : 청소년기에 식사와 별도로 간식을 챙겨 먹어야 하는 이유는 무엇인가요?〉
〈답 : 청소년은 자주 배가 고프기 때문이다.〉

"수연아. 이 단원에서는 일일 권장 칼로리를 배웠잖아. 청소년기는 하루 세 끼 식사만으로 권장 칼로리를 채우고 영양을 섭취하기 어려우므로 하루에 1~2회 정도 간식으로 보충해야 한다는 설명이 바로 여기 있잖아. 이 질문은 권장 칼로리를 학습했느냐를 점검하는 거야. 교과 내용에 맞게 답을 써야지."

"그런 거 생각하며 간식 먹는 청소년이 어디 있어. 배가 고프니까 먹지. 엄마, 우리들은 그냥 배고파서 간식 먹어."

"그래. 하지만 학교 시험은 학교의 학습 내용을 테스트하는 거니까, 책에 나와 있는 내용으로 답을 써야 해."

어디 이 문항뿐이었을까. 담임 면담이 있었다. 선생님은 걱정스러운 투로 내게 말했다.

"수연이는 정말 총명하고 언행이 똑 부러지는데, 학과목 성적은 수연이의 평소에 비해 높지 않네요."

수연이의 특징을 아는지라 그럴 수밖에 없으리라 싶었다. 그럴 때마다 선생님의 지도를 믿고 집에서 더 잘 돌보겠다는 의미로 머리를 조아리며 눈인사를 건넸다. 수연이는 그렇게 수많은 엇박자를 만들어 자신만의 북을 두드리며 어렵게, 어렵게 세상을 향해 걸어 나갔다.

마파람에 곡식 자라나듯 수연이는 1년에 10cm 이상씩 키가 자랐다.

"엄마아~ 종다리 아파!"

자다가 주물러달라며 하소연한 날이 제법 많았다. 고등학교에 입학할 때 이미 키가 164cm였다. 그 뒤로 다시 재 볼 기회를 갖지 못했지만 5cm는 더 자란 것 같다. 그렇게 쑥쑥 거저 크는 줄 알았다. 공부가 이 세상에서 제일 쉽고, 엄마와 아빠가 이 세상에서 가장 좋은 아이였다. 재밌는 영상을 보면 꼭 같이 보자며 옆에 앉아 키득거렸고, 잠시 물이라도 마시려 일어서면 정지버튼을 누르고 기다렸다. 집안에서 뒤꼭지를 따라다니며 끝없이 수다를 늘어놓아, 화장실이라도 갈라치면 내가 들어가 있는 닫힌 화장실 문을 향해 말을 이어가던, 그런 딸이었다.

수연이가 고등학교 2학년이 되던 해였다. 남편이 근무하는 대학병원이 아랍에미리트 두바이 병원으로 대거 진출하는 일이 벌어졌다. 본래 위탁경영으로 맡은 병원인데, 일정 지분을 갖고 매출 로열티를 보장하며 운영에 들어간다고 했다. 200명이 넘는 의료진과 남편을 비롯한 테크니션이 나가게 되었다. 의료 영상저장전송시스템(PACS) 사용이 확산되는 추세를 타고 영어 구사가 자유롭고 영상편집 기술 능력이 뛰어나다는 평가를 받던 남편은 자원하였다.

"당신을 일에서 벗어나게 해 주고 싶어. 당신 나날이 너무 말라서 마치 마술 무대 위에 올라온 여자처럼 몸은 휙 사라지고 옷만 풀썩 바닥에 주저앉을 것 같아. 5년만 고생하자."

"수연이 과외비도 올라가고, 형님이 어머님 요양원 생활비도 올랐다고 전화하셨어. 어쩌겠어. 내가 같이 갈 수도 없는 상황인데, 근데 5년은 참 길다."

5라는 숫자가 그처럼 큰 숫자로 여겨지긴 처음이었다. 남편은 연간 일정한 시간의 보수 교육을 받아야 했고, 피폭선량이 많으므로 정기 검진 차 휴가로 1년에 한 번, 또는 두 번 한국에 나오마고 했다. '그래…국제 이산가족이 어디 우리뿐이랴.' 각자의 자리에서 잠시 노력해야 할 시간이라고, 그 기회가 있음이 다행이라고 생각하자며 마음을 달랬다.

"5년 뒤에는 무조건 돌아와야 해. 절대 연장하거나 거기에서 다른 자리 알아볼 생각하지 말고. 그때는 또 어디든 한국에 적당한 자리가 있을 거야."

"걱정 마. 판독시스템은 AI X-ray 판독시스템을 도입하는 병원이 하나둘씩 생겨나고 있지만, 방사선 검사는 개별적인 촬영검사가 불가피해. 결국 전문가의 손길이 필요한 영역이므로 여차하면 돌아와도 취업은 가능해."

결국 남편은 지금보다 높은 연봉을 받기 위해 일단 5년을 두바이에 있기로 했다. 고기도 저 놀던 물이 좋다는데, 남편이 맞을 어려움을 나는 상상하기 어려웠다. 남편은 회사의 지원을 받아 두바이 시내에 거처를 마련하였다. 제3국 출신과도 잘 어울려야 하고 아랍어도 하면 메리트가 있다며 정착을 위한 노력을 시작했다.

남편은 자기 걱정은 말고 수연이와 잘 지내라며 신신당부했는데, 이미 난기류가 감늠되었다. 고등학생이 된 수연이는 말이 부쩍 없어졌다. 대학입시 준비 자체는 선택받은 학생들이 갖는 기회일지 모른다. 하지만 그 선택에 휘말린 아이들 역시 고통스러워 보였다. 능력 최대치를 끌어올려 지원하며 지켜보아야 하는 부모도 마찬가지다. 책을 끼고 살던 수연이는 대학 입학 이후는 내가 어깨너머로나마 이해할 수 있는 범위를 넘어섰다. 수연이가 탐독하는 책도 그랬고, 드러나는 심리는 더 그러했다. 푸른 바다에서 물거품을 내며 치솟아 오르다 저 멀리 유영해 나가는 물고기처럼 저만의 지성 세계로 헤엄쳐가는 듯했다.

하지만 수연이는 점차 불안과 우울을 밖으로 분출하기 시작했다. 수연이는 언제나 방문을 열어 두었다. 잠잘 때조차 닫지 않았다. 안방 문도 닫지 못하게 했다. 어쩌다 옷이라도 갈아입으려 방문을 닫으려 하면 수연이는 기겁을 했다.

"엄마, 방문 닫지 말아줘. 난 닫힌 방문이 싫어."

다른 집 아이들은 방문을 꼭 닫고 들어앉아 엄마들이 조심스레 노크를 한다는데, 수연이는 무엇이 두려운 것일까. 열린 방문으로 보이는 수연이는 해야 할 공부를 마치고 다른 책을 보는지, 읽고 싶은 책을 읽고 남은 시간에 공부하는지 아리송했다. 다만 언제나 손에는 책이 있었다.

첫 중간고사를 마치고 아직 벚꽃이 흐드러졌던 날, 일을 마치고 돌아오니 수연이는 그 큰 키를 하고 침대 끝에 웅크리고 앉아 있었다. 몸을 동그랗게 모은 모양이 어릴 때 시골집 뒤란에서 본 장독 모양이다.

"웅크리면 허리에 안 좋다는구나. 엄마가 허리 아파 치료받으러 가면, 의사 선생님이 꼬부리고 앉지 말라고 하더라."

옆에 걸터앉아 수연이 등을 쓰다듬으며 말했다. 수연이가 멍하니 천정을 보며 말한다.

"왜 인간은 태어날 때부터 자기의 유한성과 싸워야 하는 거야. 도대체 나는 왜 태어나 이렇게 힘든 이 세상에 살고 있는 걸까… 난 이 싸움에 지쳤어."

엎어져 펼쳐져 있는 책을 보니 제목에 "니체"라는 두 글자가 보인다. 무슨 말을 해야 하나 싶어 우물거리는데 수연이 눈 흰자위가 빨개진다.

"난 삶을 옥죄는 세상의 모든 가치들이 너무 힘들어. 어디부터 이 모순의 답을 찾아가야 하는 거야. 아이들은 하나 같이 바보 같아. 난 너무 외로워."

몸을 부들부들 떨면서 한참을 흐느껴 운다.

어느 날부터 시작되었을까. 그 기미가 드러났을 텐데, 나는 왜 놓쳤을까. 자기를 왜 낳았느냐며 나에게 마치 절규하듯 외친다.

"왜 엄마의 즐거움을 위해 나를 낳은 거야. 이 고통을 겪게 만든 엄마가 미워."

아! 그때 나는 세상에서 가장 불행한 엄마였다. 자식에게 자기를 왜 낳았느냐는 최악의 말을 듣는 엄마였다. 소태를 씹은 것처럼 입이 쓰다는 표현은 이럴 때의 감각일까. 사람들이 소태가 쓴맛임을 알면서도 씹음은 약효가 있기 때문이겠지. 지금의 이 쓰디쓴 시간도 약으로 남는 시간이 되리라는 소망을 붙잡았다.

"수연아. 너는 이제 20대 초반이야. 지금 네가 생각하는 너는 지금까지의 너야. 미래의 너는 아직 오지 않았고, 네가 알 수 없어. 너는 달라질 거고, 너의 그 사색과 번뇌만큼 더 깊어지고 성숙해질 거야. 지금의 너로 머물지 않아."

차가워 떨리는 수연이 손을 잡고 말했다.

"그런 말 하지 마! 이미 오래전부터 난 이래왔어. 엄마는 날 몰라. 난 이 우울에서 벗어나지 못할 거야!"

내 손을 강하게 뿌리치며 돌아눕는다. 수연이의 흰자위가 붉게 차오른다. 언젠가 수연이 입에서 다시 엄마를 사랑한다는 말이 나오게 하리라는 오기인지 사랑인지 모를 감정이 안에서 똘똘 뭉친다. 어떻든 지금 수연이는 자기 방에 있지 않은가. 그것만으로도 다행이다.

한의사의 권유를 끌어들여 수연에게 심리상담을 넌지시 권했다. 시선도 주지 않고 컴퓨터 화면만 들여다볼 뿐 거부 의사를 표하지는 않았다. 열심히 구글링을 하여 리뷰를 훑어보고 조언을 구해 수연이 시간표가 비는 날 정신건강의학과를 예약했다. 수연이는 묵묵히 따라왔다. 제법 많은 인원을 수용하는 대기실이 각양각색의 사람들로 차고 넘쳤다. 정상, 비정상이 어디 있으며, 환자와 환자 아닌 사람의 구분이 어떻게 가능하단 말인가. 우리는 모두 어딘가 아프고, 내면에 상처를 깊이 싸매두고 살아간다. 예약을 했어도 30분을 기다린 끝에 수연이 이름을 부른다. 수연이가 들어갔다. 대기실 의자에 앉아 있는 내 입은 쓰디쓴 약물을 입에 머금은 것 같았다.

'하. 정말 자식을 들여보내고 어미 된 내가 여기 앉은 날이 오다니.'

곧 진료실 문이 열리고 동그란 안경 너머 커다란 눈이 총명해 보이는 중년의 남자 의사가 수연이와 함께 나왔다.

"어머니, 수연이는 당장은 약물치료보다는 보다 집중적인 상담 시간을 갖는 게 나을 듯합니다. 나가시면 복도 끝에 연계된 심리상담소가 있어요. 그곳을 먼저 방문해 보시지요."

　수연이는 아무런 말이 없었지만 내가 움직이는 대로 따라왔다. 예약을 잡아두고 돌아왔다. 예약한 날에 제대로 갔는지, 언제 한의원과 상담소를 방문하는지 묻지 않았다. 다만 눈치로 다니고 있음을 알 수 있었다. 어떻든 자기 두 발로 걸어 병원을 오가니 희망은 있다. 엄청난 사건을 겪어도 인간은 본능적으로 살아내고자 한다. 바로 어제 사랑하는 이를 잃었어도, 오늘 다시 잠도 오고 배도 고프다. 살아있는 내가 살아내기 위해 할 수 있는 일은 다만 수연이를 사랑함이다. 직진만이 가능한 일방 도로를 운전함이다.

　마침 걸어갈 수 있는 거리의 대학에 위치한 즉석김밥 집에 자리가 났다. 늘 집에서 다니기 가까운 음식점에서 일했고, 그런 집만 찾던 차라 단숨에 지원했다. 간판은 김밥집이어도 쌀과 밀가루로 만든 모든 음식을 팔았다. 오전 11시부터 4시까지 일하는데, 학생들이 제법 몰려왔다. 입구에서 캐셔도 하면서 그때그때 주문하는 김밥을 말아주고, 눈치껏 서빙도 도왔다. 분주한 손끝과 달리 머릿속은 늘 한 가지 생각으로 가득하다.

　수연이는 제 학교에서 어떤 모습으로 있을까.
　저 아이같이 소리 내어 웃기도 할까.
　수연이도 저런 스타일 옷을 입으면 잘 어울릴 텐데…

　테이블이 듬성듬성 비었다. 점심시간이 지나갔음이다. 김밥 아줌마의 오늘 일과도 얼마 남지 않았음이다. 주방장인 사장이 조심스레 나를 부른다.

"말 꺼내기 미안하지만, 민원이 들어왔어요. 수연 엄마가 웃지도 않고 말도 잘 안 한다는 불만이 접수됐어요. 학생들이 어려서 그렇지만, 조금만 신경 써줘요."

"죄송합니다. 혹시 문제가 되면 제가 주방보조로 안으로 들어갈게요."

정말 그게 편할 거 같아서 말을 꺼냈는데, 사장은 나와 주방보조를 바꿀 수는 없다고 했다. 다만 조금 노력해 달라는 당부를 건넸다. 머릿속에 전국 각처의 엄마들이 무수한 퍼즐 조각이 되어 하나의 표정을 만든다. '아줌마', 또는 누군가의 '엄마'라는 이름의 퍼즐은 미소를 보인다. 하지만 자세히 들여다보면 한 조각 한 조각이 저마다 다른 표정이다. 내 표정을 가다듬어 본다.

수연이가 한의원 5회 치료를 마쳤다. 여드름은 한결 수그러졌고, 두피가 가려운 것도 나아졌다고 한다. 나를 비웃는 괴기한 얼굴처럼 보이던 다발성 탈모 부위도 면적이 줄어들고 머리가 채워지는 게 보였다. 눈썹이나 다른 곳으로 탈모가 진행될 수도 있다 하여 마음이 탔는데 머리카락 나온 숫자를 세어보고 싶을 만큼 반갑고 기쁘다.

수연에게 다음 세션을 할 의향이 있냐고 조심스럽게 물었다. 경과를 보고 잠시 쉬었다가 다시 다니겠다고 한다. 그러면서 선생님이 가능하면 모자 쓰는 시간을 줄이라 해서 수업 시간에 제일 뒤에 앉아 모자를 벗는다고 말했다. 이젠 차마 먼저 묻지 못했던 상담 내용도 종종 말해 준다. 선생님의 말이라고 전하는 내용은 내가 한 말과 다르지 않다. 말하는 대상에 따라 같은 말도 받아들이는 농도가 차이 나는가 싶다. 수연이 말끝에 내가 품어 온 이야기를 했다.

"수연아. 엄마는 너를 가진 뒤부터, 아니 그 이전부터 나에게 올 아가의 모습을 상상해 보았다. 아빠와 엄마에게 선물처럼 와준 너는 상상할 수 있는 그 어떤 아가보다 예쁘고 사랑스러운 아기였어. 지금까지도 내내 너는 엄마 아빠의 기대 이상으로 너무도 사랑스럽고 자랑스러운 딸이란다. 네가 엄마의 딸이어서 고맙다. 지금 이 모습으로 엄마 곁에 있어 줘서 또 고맙다. 엄마는 있는 그대로의 너를 끝까지 사랑할 거야."

"그렇게 말해줘서 고마워 엄마."

수연이가 세운 무릎 사이에 얼굴을 파묻고 목을 놓아 엉엉 운다.

'아 우리 수연이가 조금씩 나아지고 있구나! 감사합니다! 여보, 당신도 힘내.'

수연이가 다시 엄마 아빠를 사랑한다고 말하는 날이 와주리라 믿는다. 겹겹이 껴입은 두꺼운 외투를 거센 바람이 아니라 따스한 햇살이 벗게 했다는 동화가 떠오른다. 함박 미소를 지은 커다란 해님이 따사로운 햇살을 한껏 내비치던 그림이 기억난다. 따스한 미소로 끝까지 감쌀 때 수연이는 저 무거운 옷을 홀홀 벗고 자유를 찾으리라.

기말시험이 끝났으니 양양에 가서 송이를 넣은 칼국수도 먹고 의상대에 올라 동해 바다를 보자고 제안했다. 엄마도 인생 사진 좀 찍어 보자고 농도 건넸다. 토요일 일찍 집을 나섰는데, 주차장을 걸어가며 수연이가 말했다.

"엄마, 나 팔자걸음 많이 좋아졌지? 선생님이 골반과 척추에 불균형을 유발해 통증의 원인일 수 있다고 고치라고 하셔서 노력 중이야. 두 발끝이 밖으로 15도 이상 벌어지지 않게 주의해 걸으라고 하셔서…"

여전히 조심스럽지만 썩 가벼워진 마음으로 운전대를 잡았다. 옆자리 수연이를 바라보며 푸른 바다가 보이는 양양으로 향하는 10,965km의 터널은 참 길었다. 터널 운전자를 배려해 일정한 구간마다 몇 km를 통과하고 있는지 안내전광판이 뜬다. 지루함도 달래고 혹시 졸음도 몰아내라고 때마다 색을 달리하는 조명이 터널 안을 훤히 비춰준다. 삶의 터널에는 그런 친절한 안내나 배려가 있을 리 없다. 어디만큼 왔는지, 얼마를 더 가면 나갈 수 있는지 짐작도 안 된다. 출구가 없을 것 같은 낙담과 싸우며 어둠 속을 줄곧 직진해야만 한다. 절대 끝나지 않을 것 같은 시점에 이르러서야 희미하나마 출구 햇살이 보이기 시작한다. 그런 터널에 지금 막 진입한 차량도 있고, 저 앞에 태양빛을 받으며 씽씽 달리는 이들도 있으리라. 세상의 터널에서 각 차량의 위치는 저마다이다. 하지만 누구나 한 번쯤은 긴 터널을 통과할 때가 있음이다. 수연이를 태우고 나는 지금 10km 어디쯤을 지나가는 중이다. 저 멀리에 햇살이 보이기 시작한다.

벚꽃 흐드러진 봄날에 불구덩이에 빠진 것 같던 내 엄마의 시간이 멈췄다. 가을에 칠순을 맞을 예정이었으니, 요즘 세상에 일찍 돌아가신 편이다. 정년퇴직 뒤 엄마의 마지막 5년은 예기치 못한 날들로 치달았다. 그 시간에 엄마가 홀로 삭혔을 상처와 번개가 내리꽂히듯 당한 운명(殞命)은 나를 갈기갈기 찢어 놓았다.

엄마는 늦은 저녁 이후 어느 시간, 방에서 넘어지면서 좌탁 모서리에 머리를 부딪쳤다. 엄마의 기척을 살피지 않은 채, 여느 날처럼 형은 출근하고 형수는 외출했다. 오후에 돌아온 형수는 엄마가 식사를 한 기색이 없자 방문을 열어 보았다. 엄마는 잠옷 차림으로 이미 돌아가신 뒤였다. 119에 신고해 구급대원이 오고, 경찰로 사건이 넘어갔다. 경찰관이 검안을 마쳤고, 형이 부른 의사는 머리에 받은 충격으로 의식을 잃고 돌아가셨다고 했다. 경찰서에서의 진술을 마친 뒤 검시필증을 받아 장례를 모셨다. 운명한 시간을 짐작할 수 있을 뿐 정확한 시간은 알 수 없다. 몇 시간 차이 난들 무슨 의미가 있으랴.

나는 고등학생이 되어서야 콩 튀듯 팥 튀듯 종종걸음으로 오가는 엄마의 일상이 눈에 들어왔다. 시어머니를 모시고 아들 둘을 기르며 일하는 주부였던 엄마는 늘 바빴다. 하지만 불행하지는 않았다. 내가 기억하는 엄마는 그랬다. 3살 터울인 형과 나는 싸우지도 않았고, 학창 시절 내내 석차도 반에서 한 자리 수를 넘어가지 않았다. 곰곰 되짚어도 할머니가 엄마에게 고약 부린 일은 없었다. 공무원이던 아버지는 점잖고 자상한 분이었다. 한마디로 엄마에게 험히 대하는 사람이 없었다.

학창 시절 내내 내 모든 옷은 2~3년 묵은 큰 옷이었다. 엄마는 장롱에 언제부터 있었는지 모를 형이 입던 옷을 철마다 내주었다. 추석이나 설에 소매 끝이 적당히 해진 옷을 엄마는 이리저리 내게 대어보고 골라 입혔다. 초등학교 3학년을 넘어가며 나는 형의 옷을 입기 너무 싫었다. 물려 입은 옷은 늘 헐렁하게 컸다. 작아져 꽉 끼는 옷 못지않게 몸보다 큰 옷은 활동을 거북하게 만들었다. 형이 나만한 체격이었던 적은 없었을까? 엄마가 내어주는 옷은 왜 죄다 컸는지 모르겠다. 막상 옷이 내 몸에 맞을 때가 되면 낡아져 버려야 했다.

초등학교 저학년 어느 날, 나는 발가락을 꼬물거리며 형 침대에 늘어 놓은 책들을 뒤적이며 놀았다. 6학년이 된 형이 나에게 동화책을 모두 넘기는 날이었다.

"상철아, 너 이 책 다 가져."

내가 전래동화책을 뒤적일 때 형은 으쓱하며 내게 말했다.

"옛날에도 형제만 있는 집이 많았나 봐. 이거 봐라!"

형은 내 옆에 나란히 앉더니 추수 뒤 형님과 아우가 밤새도록 서로에게 볏짚단을 날랐다는 이야기를 펴 보였다. 글 중간에 조선시대 복색을 한 형과 동생이 한밤중에 각각 손에 볏짚단을 들고 마주 선 장면이 큼지막하게 그려져 있었다.

"야야, 여기 농부 머리에 우리 이름 쓰자."

형은 더 나이가 있게 그려진 농부 머리 위에 매직으로 화살표를 그리고 상열이라고 이름을 쓰며 키들거렸다. 나도 따라 웃으며 다른 농부 머리 위에 상철이라고 쓰며 깔깔대고 웃었다. 엄마가 방을 들여다보며 뭐가 그리 재미있냐며 미소를 지었다. 형이 읽던 책은 내 방으로 옮겨지고, 형이 입던 옷을 내가 입었다. 하지만 점차 동화책이 책꽂이 구석 자리로 밀려나다 끝내 노끈에 묶여 없어지듯이, 형과 내가 함께하는 시간도 사라져갔다.

아버지 체형을 닮은 형과 엄마를 닮은 나는 식성도 취향도, 전공도 서로 전혀 달랐다. 엄마는 단 두 형제뿐인데 입맛이 너무 판이하니 음식을 두 종류 만들어야 한다며 바쁘게 움직이곤 했다. 형과 내가 머리카락까지 곤두선 고2와 중3일 때 엄마는 울타리 같던 남편을 잃었다. 출근을 위해 침대에 걸터앉아 양말을 신던 아버지는 한쪽을 신고, 다른 한쪽은 손에 든 채 돌아가셨다.

"엄마 사후에 또 상속 절차를 거치느니 아버지 명의의 재산을 지금 아예 정리하자꾸나."

엄마의 뜻에 따라 내 몫보다 많은 자산이 장남인 형에게 갔고, 그 상속세는 엄마가 떠맡았다. 나는 중3이었지만 사리 판단은 할 수 있는 나이였다. 장남으로 형이 맡아야 할 엄마의 노년을 내심 계산에 넣었기에 아무 이의제기가 없었다.

10대 두 아들을 남기고 갑자기 가장이 떠나갔지만, 엄마는 변함없이 교단에 서서 버티어 냈다. 언제까지 손에 리모컨을 든 채로 소파에 앉아 있을 것 같던 아버지가 떠나니 집안의 구심점이 사라진 느낌이었다. 형과 나를 연결하던 끈 하나가 뚝 떨어져 나간 기분이었다. 형이 있어 든든하고 재미있던 기억이 아스라해졌다. 고등학생 무렵부터 나에게 형은 '같이 사는 손위 남자'였다. 서로의 방을 오간 일도 없고, 식탁이나 거실에서 마주치는 사람에 불과했다. 외모의 변화야 눈에 보였지만, 성장에 따른 형의 가치관, 삶의 철학 등 내면에 대해서는 아는 게 없다. 소통, 공감이 주요 화두인 요즘, SNS에서 맺은 인친보다 서로를 알지 못했다. 대학에 가기 전까지는 각자 바빴고, 대학 이후는 삶에서 형제보다 우선하는 게 많아졌다. 형과 함께 읽었던 볏짚단을 나르던 형제는 서로 도와야 하는 농부여서 돈독했을 테지.

더욱이나 형과 나는 결혼이 빠른 편이었다. 형은 군대를 다녀와 학업을 마친 뒤 초등학교 교사로 발령받자마자 29세에 동기 여교사와 결혼했다. 그해 겨울 석사과정을 이수한 나도 결혼했다. 대학 신입생 때 교양과목을 함께 듣던 유달리 윤이 나는 긴 생머리의 아내에게 첫눈에 반해 사귄 지 6년째 되던 해였다. 시간 나면 게임만 하며 컴퓨터가 전공인 나는 "사고와 글쓰기"라는 첫 교양과목이 고역이었다. 수업 첫날 아내의 맑은 인상에 끌려 유심히 살펴보니 책상 위에 소설책이 있었다. 마침 글쓰기 과목이니 소설책은 말을 걸기에 얼마나 좋은 매개체인가. 그리 두껍지도 않은 소설책이 내게 우렁차게 외쳤다.

"액션!"

이내 연인으로 발전했는데, 점차 군대가 마음의 짐으로 다가왔다. 나는 여러 경로를 부지런히 모색해 특례보충역 전문연구요원으로 취직했다. 10명 남짓 중소기업이었지만 '국방IT강국'을 목표로 하는 국방 전문벤처 회사였다.

"부서장 면접을 할 때부터 느낌이 좋았는데, 대표이사님과 면접하는 자리는 아주 분위기가 화기애애했다오. 중소기업이라고 장래성도 '중소'인 것은 아니니 마음 놓아요. 사이버 침해대응 훈련기업이기도 하고, 외주용역을 받기도 해요."

회사의 장래성과 3년 의무근무 등을 염려하는 엄마에게 회사 IT 사업 분야를 열심히 설명했지만 엄마 표정은 갸우뚱했다.

"내가 수학만 가르쳤지, 정작 젊은이들이 사는 세상은 참 모르겠구나. 그래도 부설 연구소를 설립해 연구원을 채용했으니, 조건이나 앞으로의 경력에 좋은 곳이겠지?"
"그럼요. 정부 IT 자원의 위탁운영도 맡고 운용도 지원하는 등 탄탄한 곳임다. 걱정 마요."

엄마를 안심시키는 것보다 내가 봉착한 문제는 석관동 집에서 구로구 가산동에 위치한 회사까지 1시간 반도 넘게 걸리는 출퇴근 거리였다. 그 핑계로 후딱 결혼했다. 그 뒤로 형과는 각자의 영역에서 전혀 상관없이 살다가 어쩌다 식당에 우르르 둘러앉아 밥 먹고 헤어지는 사이로 굳어졌다. 그나마 최근 몇 년은 그것도 거의 없었다.

　여교사로는 드물게 정년퇴직한 엄마는 새로운 세상으로 떠밀려 들어갔다. 형인지, 형수인지 진원을 알 수 없지만 합치자는 줄기찬 요청에 시달렸다. 형네 부부는 엄마가 연세도 드셨고 관리도 힘드니 이참에 자신들의 집을 정리하고 들어오겠다고 했다. 혼자가 익숙한 엄마는 주저주저했다. 형수의 끈질기고 강력한 성화는 결국 엄마를 이겨 먹었다. 엄마가 불행으로 치달린 것은 그때부터였다. 어느 시점부터인가 기가 눌린 듯 쇠해진 엄마는 내 전화에 반색하지도 못했다.

　"으응, 상철이냐?"

　첫마디부터 쳐진 목소리였다. 토막토막 전하는 엄마의 말 배후에 깔린 전쟁을 짐작했지만 도리가 없었다. 엄마가 큰아들한테 어쩔 수 없듯이 나도 형한테 어떻게 하기 어려웠다. 남편과 두 아들이 떠난 집을 홀로 지키던 엄마는 안방을 형 부부에게 내어주고 내가 사용했던 방으로 거처를 옮겼다.

　"요즘 지내기 어때요? 식구가 있으니 좋죠?"

억지 긍정을 유도한 격이었다.

"어떻고 말고가 있나. 매사 그러려니 해야지. 자기들도 불편한 게 있겠지 뭐. 조심조심 지낸다."
"결혼할 때 엄마가 장만해 준 형 아파트는 어떻게 했대요?"
"모르겠다. 캐묻는 것 같아 암말 안 했다. 알아서들 하겠지."

나는 엄마를 둘러싼 분위기를 충분히 읽고 있었다. 나도 어쩔 수 없는 일이라며 외면했던 나 자신을 흠씬 두들겨 패버리고 싶도록 밉다. 그 자책과 죄책감 끝에는 형과 형수를 향해 치솟는 분노로 목이 조인다.

엄마는 5년 가까이 창문이 막혀 답답한 방에 떠밀려 들어앉아 지냈다. 창문 밖 베란다에 형수가 수납장을 짜 넣어 엄마 방 창문은 기능을 상실했다. 형수의 노골적인 불편한 기색에 우리 가족은 형의 집에 그나마 일 년에 두어 번 방문하던 발길도 끊었다. 가끔 손자가 그리운 엄마가 우리 집에 조심스런 방문을 했다. 엄마는 식사는 한 일이 없고, 잠시 차를 마실 정도의 시간만 머물다 갔다. 나의 퇴근을 기다리지도 않고, 손자와 손녀에게 용돈 봉투만 건네고 휘휘 가 버렸다. 아내는 엄마와 관련해 행여 떠맡을 일이 생길까 미리 방어막을 철통같이 쳤다.

"엄마, 발걸음했으면 나도 만나고 좀 천천히 가던지, 주무시고 가든지 하지. 왜 그리 매번 급히 가요? 집에 뭐 몰래 감춰둔 꿀단지라도 있쑤?"

나의 너스레에 엄마는 담담히 말했다.

"꿀단지는 무슨. 네 형수가 나한테 '전 어머니가 여기 사는 게 정말 싫어요'라고 볼멘 소리하드라만… 지금 당장 어쩔 수도 없고, 어쩌겠니. 그래도 집이 여긴데 이리 와야지…."
"아니 형수는 무슨 말을 그렇게 대놓고 한대요?"

그 모욕적 언사를 당하며 이러지도 저러지도 못하였을 엄마의 당황한 기색이 눈앞에 보였다. 요즘 세상에 단어도 부담스러워진 효도는 나부터 못 하고 있으니 바라지도 않는다. 하지만 자신들이 우겨서 합가하고, 엄마 집이라는 명목으로 관리비도 생활비도 안 내놓고 살고 있다. 조카의 사교육비까지 죽는 소리를 하며 가져감도 얼핏 들었다. 그쯤 되면 엄마는 그들의 스폰서이다. 효는 관두고라도 물질적 후원자의 면전에 대고 그런 말을 하는 경우는 심하지 싶다. 말이 별로 없는 엄마의 저 한마디는 침묵으로 꾹꾹 눌러 묻었지만, 끝내 삐져나온 한 도막이었을 것이다. 나부터 키워봤자 소용없는 자식이라는 죄책감에 짓눌렸다.

"엄마~ 막둥이 상철이예요. 뭐 하시오?"

형은 늘 '어머니'라고 했고, 나는 언제나 '엄마'라 했다. 엄마는 나를 '막둥아~', '둘째야~'라고 불렀다. 결혼하고 나니 '엄마'하고 부르기 머쓱했지만, '어머니'는 입에서 나오지 않았다.

"으응, 지금 노인대학 친구네 집에서 같이 점심 먹고 놀고 있어. 지난 번 내가 마리아 씨라고 말한 사람 있잖아, 혼자 사는데, 엄마보다 4살 위야. 그 집에서 잘 모여."

　전화를 받을 때마다 엄마는 집이 아니었다. 매번 엄마의 설명은 길 었지만, 어디에서 무엇을 하건 엄마의 목적은 되도록 집에 있지 않으 려는데 있어 보였다. 나다니기 좋아하지 않던 엄마가 매일 아침부터 밤까지 어딘가를 다녔다. 대개는 노인대학, 친구 집, 슈퍼마켓, 그리고 아파트 노인정 등이었다. 길에서 방황하는 엄마의 모습이 보여 마음이 괴로웠다.
　엄마가 가끔 낮에 잠깐 다녀가시니, 내가 엄마를 만나기 위해서는 따로 자리를 마련해야 했다. 엄마가 좋아하는 '어복쟁반' 집에서 만난 날이었다. 노인대학 수업을 마치면 모두 점심을 같이하는데, 나와 함 께 하느라 먼저 일어서 왔다고 했다.

"너 엄마 솜씨 좀 볼래?"

　발그레 볼까지 상기되어 보이는 엄마가 가방에서 〈보태니컬 아트 색연필〉이라고 써진 A4 크기의 두툼한 스케치북을 꺼내 보여주었다. 노인대학에서 한 작업이 아니라 무슨 아트 스쿨 회원의 작품 같았다. 엄마에게 그런 솜씨가 있는지 전혀 알지 못하고 있었다.

"이거 모두 엄마가 칠한 거유?"

"그럼, 노인대학에서 엄마가 뭐든지 제일 잘해."

엄마에 대해 알지 못했던 것이 어디 색연필 실력뿐일까. '엄마'라는 포장지로 훅 포장해 버린 채 한 인간으로서의 엄마를 모르고 지냈다. 평생 집과 학교를 오가는 일만도 분주해 동창회도 나가지 않던 엄마였다. 여럿이 왁자지껄한 자리를 가지면, 집에 돌아와 한참을 쉬는 분이었다. 그런 엄마가 갑자기 맞은 새로운 환경에 적응하느라 부단히 애쓰고 있었다.

그 무렵부터 엄마는 필사를 시작했다. 낮이면 구립도서관이라 했고, 밤에는 방의 좌탁에 공책을 펴놓고 구부리고 앉아 쓴다고 했다. 엄마가 평생 가르친 과목은 내가 지지리도 못하는 수학이었다. 내가 본 엄마는 평생 수학 선생님이었지, 공책에 한글을 꼼꼼하게 적는 사람이 아니었다.

"《명심보감》하고, 《채근담》은 다 썼고, 지금은 《논어》 쓰는 중이야. 시중에 나와 있는 한글로 된 책들인데, 쓰면서 차근히 읽으니 마음도 편해지고… 좋아. 손 근육도 사용해야 한대."

"아이고 엄마. 울 엄마 대단하시네. 난 손 글씨는 한 줄도 쓰기 힘들던데, 그걸 언제 다 쓰셨대요? 종일 밖에 있었으면 저녁에는 일찍 쉬시지. 안 주무시고 글씨만 쓰고 있쑤? 한석봉이 울고 가겠네."

속마음을 감추고 걱실걱실 너스레를 떨면서 어설픈 웃음을 지어댔다. 뭐라도 내가 할 수 있는 일이 더 있으면 좋겠다.

"엄마, 펜이나 공책은 뭐 써요? 사용하기 좋은 필기도구나 공책 말해요. 엄마가 사지 마요. 내가 사 드릴게."

"아니다. 펜도 공책도 다 있다. 똑같은 걸로 많이 사 뒀다."

"상철이니? 지금 통화 괜찮니?"

엄마의 전화 목소리는 늘 조심스러웠지만, 그날은 유독 불안정하게 떨렸다. 엄마가 나의 오전 근무 시간에 전화를 건 것도 처음 있는 일이었다.

"어 괜찮아. 엄마 왜? 무슨 일 있어요?"

"전화로 말할 내용은 아니고… 너 잠시 시간 낼 수 있으면 내가 그리로 가마."

예사롭지 않았다.

"엄마 무슨 일이 있어요? 일단 지금 전화로 말해봐. 만나는 건 만나더라도."

"그게…네 형수가 몇 달 전부터 계속 하도 조르기에 그러마고 했는데. 말하고 보니 나 혼자 결정할 문제가 아니고 네가 동의해야 할 일 같아서…"

어지간하게 시달린 목소리였다.

"형수가 말하기를, 등산동호회에서 알게 된 사람들이 조언해줘서 자기가 무슨 부동산 공부를 했대. 엄마 명의의 이 아파트를 담보로 대출을 받으면 그 돈으로 어디 투자를 해 보겠다고. 몇 달 전부터 하도 조르기에 어제저녁에 그러라고 했는데. 밤새 생각해보니 내 명의이지만, 이 집에 대한 권리는 형과 너에게 반씩 있는 거라서…"

0.1초 만에 급박하게 말이 튀어나왔다.

"엄마! 안 돼요! 무조건 절대로 안 돼요! 당장 전화 끊고 형수한테 안 한다고 말해요. 상철이가 절대 반대한다고 내 핑계 대. 엄마 그렇게 해 주면 집 담보로 최대한 대출받은 뒤, 엄마는 길에 내몰리거나 어디 이상한 곳에 가게 될지도 몰라. 이 전화 일단 끊고 지금 당장 말해요. 고양이한테 반찬가게 지켜달라고 해도 유분수예요."

도대체 무슨 일이 일어나고 있는 것일까. 형을 만나볼까 생각했지만 소용없는 일이지 싶다. 집안 분란만 일어날 것이 뻔했다. 일단은 엄마와 계속 소통해야 했다. 일이 손에 잡히지 않았다. '궁금하니, 상황 괜찮으면 전화 좀 주세요.' 엄마 핸드폰에 문자를 남기고 어떻게 보냈는지 모를 하루가 저물었다.

저녁 9시 무렵에 엄마가 전화를 걸어왔다. 누가 들을까 싶어 속삭이듯 조용한 목소리였지만, 힘겨운 하루를 보낸 지친 노인의 소리였다.

"너 말 듣고 형수가 또 등산을 가려는지 뭘 주섬주섬 챙기고 있기에 내가 말했어. 아무리 생각해도 안 되겠다고. 이 집 반은 둘째 몫인데, 내가 임의로 집 담보 대출받아 너희에게만 주기가 어렵다고 했어. 그리고 방으로 돌아왔는데, 갑자기 방문이 벌컥 열리더니 형수가 고래고래 소리 지르더라. 나를 도둑년 취급하느냐며 이제부터 각자 따로 살자고, 어머니는 어머니대로 알아서 밥해 먹고 알아서 살라고. 서로 모른 체 하고 각자 살자고. 아휴… 언제 우리가 제대로 밥이나 같이 먹었나. 어찌나 소리를 지르는지 옆집이 들을까 봐 겁까지 났다."

"엄마, 잘 들으세요. 그 집 엄마 집입니다. 이참에 아예 팔거나 전세를 내놓고 그 돈으로 실버타운 가요. 입주 보증금하고 매달 생활비는 당분간 그걸로 될 거예요. 연금으로 용돈 써요. 혹시 부족하면 나도 최대한 애써볼게. 엄마 아파트가 버스정류장도 바로 앞에 있고, 지하철도 6호선과 1호선이 걸어서 10분 이내에 있으니 괜찮을 거예요. 시세보다 조금 낮게 내요. 실버타운은 어디가 적당할지 내가 조사해 볼게. 더 나이 들면 가고 싶어도 나이 많다고 받아주지 않아. 지금 엄마 일흔도 안 되었으니 잘됐어."

엄마의 답변은 의외였다.

"내가 왜 그 생각 안 했겠니. 정년퇴직하면서 진즉부터 집 정리하고 실버타운 가려고 유튜브니 블로그니 이리저리 알아봤어. 마침 용인에 적당한 곳이 있기에 직접 방문해 사무실에서 상담도 하고 방도 둘러보고 했었어."

'그랬었구나. 엄마 혼자 그 발걸음을 했었구나.'

조용조용하게 떨리는 엄마의 말이 이어졌다.

"형이 자기 집은 어떻게 했나, 생활비가 없나 물어보기도 어렵고, 이 집을 정리하자니 내 노후만 생각하고 나가라 할 수도 없어 혼자 고민을 정말 많이 했다. 아버지 돌아가셨을 때 유산을 정리했지만, 이 집은 다시 형하고 너하고 반씩 권리가 있는데 너한테 말없이 처리하기도 어려웠고. 그래도 이렇게 지내는 것은 아니다 싶어 실버타운에 입주하려는 의사를 밝히고 이 집을 융통해 목돈을 만들려 했어. 형수에게 너희 아파트로 옮겨가는 게 좋겠다고 했다가 한바탕 생난리가 났었다."

"난리요? 왜요, 뭐라고 했는데요?"

"형이 초등학교 교사라 월급이 쥐꼬리여서 평생 쪼들린단다. 그래서 자기들 아파트는 전세 주고 그 돈으로 투자해서 돈이 없대. 자기들더러 길에 나 앉게 할 작정이냐며 난리를 부려서… 나더러 실버타운 가려면 돈 내놓고 가래. 할 수 있으면 진작 하지, 왜 안 했겠니."

"엄마, 이제부터는 형하고 말해요. 형수가 뭐라고 해도 저녁에 아범 들어오면 같이 이야기하자고 해요. 형은 도대체 알기나 해요? 뭐래요 형은?

수화기 너머로 작고 긴 숨소리가 들려올 뿐, 엄마는 아무 말도 없었다. 마침 2박 3일 부산 출장이 잡혀있어 다음 주에 시간을 내겠다고 했다. 그 전에 엄마는 아무 결정도 하지 마시라고 당부하며 일단 푸욱

쉬시라고 했다. 내가 자금을 먼저 융통해서라도 엄마를 편히 지내게 해드리고 싶었지만, 아내에게 아무 말도 꺼낼 수가 없었다.

엄마와 나는 '다음 주'를 갖지 못했다. 부산에서 돌아와 예정했던 '다음 주'에 나는 형의 전화를 받고 병원으로 달려갔다. 오랜 전쟁을 마친 뒤 고향에 돌아와 침대에 편안히 잠든 병사처럼 엄마의 표정은 고요하고 평안했다. 서러움으로 뒤엉켜 "엄마… 어머니…"를 부르면서 뒹굴었지만, 불효자의 뒤늦은 넋두리일 뿐이다. 형의 방관과 나의 치졸한 합리화로 아들이 둘이나 있는 엄마는 다루기 버거운 불행과 분투하다 가벼워진 체중만큼이나 홀홀 떠나갔다.

엄마가 영원히 떠나가는 의식은 기업화된 병원 장례식장에서 조금의 주춤거림도 없이 일사천리로 진행되었다. 엄마는 이미 상조업체에 가입해 매월 6만 원씩 99회를 완납해 두었다. 가입한 상조 상품에 음식 추가와 유가족의 검정 상복, 하다못해 벨트와 양말까지 얹어 여러 항목의 추가 비용이 발생했지만 형과 대략 합의해 진행했다. 형, 형수와 꼭 필요한 대화를 제외하고는 말을 나누지 않았고, 눈도 마주치지 않았다. 이 장례가 끝나면 다시 만날 일 없는 남남으로 돌아갈 관계임을 각인한 시간이었다. 그 뒤에 유산을 비롯한 엄마 삶의 정리 문제로 부딪히지 않기만을 바랐다. 그 충돌은 아마 거대한 폭약 심지에 불을 붙이는 일이 될 것이기 때문이다. 장례를 치르는 내내 나는 너무나도 부끄러운 자식이라 조문을 받기조차 힘들었다.

엄마 물건도 정리해야 하고, 엄마의 은행 계좌가 정지되어 상속인이 함께 절차를 거쳐야 하니 한번 오라는 형의 전화가 왔다. 몇 년 만인지 무거운 발걸음을 형의 집에 들였다. 형수가 시선을 피한 채 무표정으로 문을 열어주었다. 베란다에 배가 부른 커다란 종량제 봉투가 두어 개 있었다. 한눈에 엄마 삶의 나머지가 그 안에 구겨져 들어있음이 보였다.

"옷과 신발만 일단 베란다에 내 두었고, 여기 다른 물건은 같이 정리하려고 불렀다. 혹시 네가 지니고 싶은 게 있을지도 모르니. 그리고 로펌 변호사가 연락이 왔다. 상속인들이 함께 오면 유언장을 공개하겠다고 한다. 엄마가 로펌에 유언장을 공증해 두었더라. 나와 시간을 잡아 같이 방문하자."

"엄마 물건이야 뭐… 내가 가져갈 것도 없고. 알아서 처리하세요. 엄마 패물이나 옷을 집사람이 가지려 하지도 않을 테고."

"어머니가 생전에 이미 많은 것을 정리했더라."

형의 흰자위가 빨개졌다. 형의 속내를 알 수 없지만, 그게 어떤들 이제 와 무슨 상관이리.

엄마의 장롱과 서랍장, 문갑 안은 깔끔하게 정리되어 있었다. 당장 입는 옷 약간만이 옷장에 휑하니 걸려 있었다. 오래전부터 자리 차지를 해 온 사진 앨범도 보이지 않았다. 벽에 걸려 있던 엄마의 정년퇴직 기념사진이 문갑 유리 밑에 들어 있었다. 손에 꽃다발을 들고 미소 지은 엄마가 중앙에 서 있다. 엄마 주변에 둘러서 손가락 하트를 하고 있는 사람들, 그들은 엄마를 보내며 뭐가 저리 즐거웠을까. 나란히 놓인 두 개 문갑 가운데 하나에는 사용 중인 화장품 병 3개와 비상약 몇 가지가 덩그러니 들어있었다. 다른 문갑에는 36색 색연필과 여러 개의 검은색 젤리 펜이 들은 필통, 그리고 내게 보여주었던 〈보태니컬 색연필 아트〉 공책이 서너 권 있었다. 내게 보이며 자랑하던 엄마의 모습이 떠올라 왈칵 눈물이 쏟아졌다. 언제부터 엄마는 소리도 없이 혼자 자신의 삶을 정리해 왔던 것일까.

문갑에서 공책을 꺼내다 불현 고전을 필사한 공책은 어디 있을까 하는 생각이 들었다.

"형, 엄마가 대략 작년인가부터 필사를 했던데, 그건 어디 있나요?"

거실을 오가며 열린 문을 통해 방의 기색을 살피던 형수가 냅다 안으로 소리를 질렀다.

"아유, 그걸 머 하게요? 버리려고 저기 베란다에 뒀어요."

내가 아무 말도 하지 않고 가만히 일어서 구부정한 자세로 베란다로 나가는데 등이 따가웠다.

"어디에… 두셨나요?"
"거기요. 그 화분 밑에 있잖아요. 그건 둬서 뭐 하려고. 버리라고 버리라고 해도 안 버리시더니. 기어이…."

커다란 화분 사이에 열권도 족히 넘어 보이는 공책이 타일 바닥에 비뚤하게 던져져 있었다. B5 정도 크기의 공책이었다. 주섬주섬 그것을 품에 안고 들어왔다.

"형, 이건 내가 가지고 갈게. 나머지 엄마 물건은 형이 알아서 하고, 로펌에 갈 시간은 형 편한 시간 잡아서 알려줘."

주차장 구석에 세워둔 차 문을 열고 들어가 공책 무더기를 조수석에 내려놓았다. 차 문을 닫는데 긴 한숨이 나왔다. 한참을 시동도 못 건채 앉아 있었다.

'엄마. 그렇게 가시다니요. 내가, 엄마 막둥이가 죄인 중의 죄인, 불효자 중에 최고 불효자입니다. 엄마 죄송해요. 내가 엄마한테 정말정말 미안해요.'

목 놓아 울 수 있는 공간이 있어서 다행이었다. 한참을 퍼질러 앉아 울었다. 공책은 15권이었다. 모두를 품에 얼기설기 안고 집으로 들어서니 둥그런 눈으로 그게 뭐냐고 아내가 물었다.

"으응, 아무것도 아냐. 그냥 뭐 좀 써 둔 거야."

서재로 들어가 책상 위에 공책들을 올려놓았다. 들춰보니 한 획도 흘려 쓰지 않은 정갈한 엄마의 글씨가 빽빽하다. 《조선왕조실록》이나 《팔만대장경》이 그러하다지. 한 글자도 어그러짐이 없다고. 태아가 되어 다시 엄마한테 들어가는 모양새로 나는 웅크린 채 방바닥을 뒹굴며 엄마를 부르고 눈물을 쏟아내었다. 다음날 나는 공책 모두를 회사 앞 복사 가게로 가져갔다. 표지는 두꺼운 종이로 하고 절단면에 금박을 입혀 《명심보감》, 《채근담》, 《논어》로 나누어 양장본처럼 실로 묶어 제본해 달라고 맡겼다.

점심시간에 건물을 돌아있는 경계석 모퉁이에 멀뚱히 한참을 앉아 있었다. 엄마와 엇비슷한 연배의 할머니들이 헐렁한 옷을 입고 편한 신발을 신고 느린 걸음을 옮긴다. 나는 물려받은 헐렁한 옷을 입고 성장했지만, 노년이 되면 다시 헐렁한 옷을 입은 세월을 맞는구나 싶다. 서슬 퍼렇게 서로 날을 세운 우리 친형제 간도 노년으로 향하고 있다.

그리고 피할 수 없는 여정의 끝을 맞을 것이다. 그 길을 왜 이리 악다구니를 쓰며 걸어가는지 모르겠다. 피는 물보다 진하고 말고를 떠나 대체 불가능하다. 하지만 피는 법보다 강제력이 절대적으로 약하다. 그러니 법이 그나마 우리 다음 발걸음을 정리해 줄 것이다.

형과 만났다. 엄마는 친구의 아들이 근무하는 법무법인에 의뢰해 증인 2명까지 있는 〈유언공정증서〉를 작성해 두었다. 증인은 유언 집행 변호사가 추천한 법무법인의 변호사들이었다. 일면식도 없는 이 사람들은 엄마의 결심과 행보를 알고 있었는데, 정작 자식들은 아무것도 모르고 있었다. 이 아들은 이 아들대로, 저 아들은 저 아들대로 다 거기서 거기인 불효자들이다. 아내는 동행하지 않았는데, 형수는 형을 따라왔다. 서슬이 퍼런 표정으로 문 옆 간이의자에 앉아있다. 변호사가 간단히 안내했다. 유언자가 지정한 방식에 따라 재산이 배분되며, 유언은 최종적인 분할 방법이므로 상속인이 이의제기를 할 수 없다는 설명이었다.

변호사가 공개한 엄마의 유언장은 아이들을 돌보는 사회복지사업기관에 아파트를 비롯해 엄마의 남은 모든 재산을 기부한다는 내용이었다. 연금 통장에 잔액이 조금 남아있을 뿐, 엄마 명의의 다른 은행 계좌는 이미 모두 해지되고 없었다. 변호사는 엄마가 유언장을 작성하는 과정에서 형수가 엄마 명의의 생명보험을 들고 있음을 알게 되었다고 했다. 변호사의 조언으로 생명보험협회에서 제공하는 '생존자보험계약조회서비스'를 신청한 결과 매달 상당액의 생명보험이 4년째 납입되고 있음을 확인했다. 엄마는 그에 대해서도 조치해 두었다. 수익자 변경 절차를 따라 기부할 기관의 사업자 등록증 등 구비서류를 갖춰

수익자를 복지사업기관으로 변경해 두었다. 뒤에 앉아 있던 형수는 야단스러운 소리를 내며 일어서더니 거칠게 문을 닫고 나가 버렸다. 엄마의 유언에 대해 나는 아무런 이의제기가 없다.

이어 변호사는 엄마가 특별히 명기한 '특이사항'이 있다며 집어 주었다.

"특별히 첫째 자부 박미순에게는 내가 정성껏 기록한 《명심보감》, 《채근담》, 《논어》의 필사 공책 모두를 유증한다."

내가 간직하려고 했지만, 그에 대해서도 나는 이의제기가 없다.

# 신기록과 신비

13일의 금요일이 맞아떨어진 2월 중순 둘째 주, 아침부터 싸라기눈이 뿌렸다. 기온이 영하를 오르내렸다. 엄마는 예로부터 거지가 동지섣달 잘 보내고 봄에 얼어 죽는다며 옷 든든하게 입으라고 당부했다.

"거지가 봄옷으로 갈아입을 리 없는데, 왜 겨울 다 지나 봄에 얼어 죽었다는 말이 생겨났을까? 꽃샘추위라는 낭만적인 말을 놔두고 거지를 끌어들였네?"

겨우내 입어 온 점퍼를 챙겨 입으며 엄마를 향해 의미 없는 말을 중얼거렸다.

"엄마 어릴 때만 해도 동네 골목에 거지가 더러 있었어. 그러니 거지 들어가는 속담이 그렇게 많지."

엄마가 대문 열쇠를 손에 건네주며 말했다.

"너 학교에서 올 시간에 집에 아무도 없을 거야. 엄마는 일이 있어 저녁 먹고 들어오고, 오빠는 분명히 늦을 터이니, 대문 열쇠 잘 챙기렴."

차가운 감촉의 작은 대문 열쇠를 주머니에 넣고 집을 나왔다. 새 학기를 앞두고 학교 도서관에서 하루 종일 수강할 과목의 참고서적을 메모까지 하면서 꼼꼼히 읽었다. 어느새 주변이 썰렁해지며 배가 고파왔다. 도서관 흰 벽에 걸린 커다란 둥근 시계를 보니 7시 20분이었다. 부랴부랴 가방을 챙겨 어둠이 내리기 시작한 거리를 종종걸음으로 걸었다. 정류장에 서 있는 잠시 동안 거지가 견디지 못했다는 시샘달의 꽃샘추위를 실감했다. 추위에 달달 떨며 버스를 탔다. 버스에서 내리니 비로소 열쇠 생각이 났다.

'아 맞다, 오늘은 집에 엄마가 없구나. 배고프다.'

갑자기 어깨에 걸쳐 늘어진 가방이 더 무거웠다. 눈발 사이로 터벅터벅 15분 남짓 걸어 마침내 짙은 초록색의 우리 집 철 대문 앞에 다다랐다. 코트 주머니에 하루 종일 얌전히 들어있는 대문 열쇠를 꺼냈다. 추위로 손이 곱아 열쇠 각도가 어그러져 한 번에 잘 들어가지 않았다. 마침내 찔거덕거리며 불 꺼진 집의 철 대문을 서툴게 열었다. 대문을 열고 들어서 다시 잠근 그때 그 골목에, 내 뒤통수에 이미 그 남자가 있었다. 골목에 들어서 기척을 살피던 그에게 열쇠와 씨름한 나는 보란 듯이 집에 혼자임을 증명해 보인 셈이다.

버스에서 내려 집으로 걸어오는 동안 옷 솔기 사이로 한기가 파고들어 여전히 으슬으슬했다. 가방을 거실 소파 위에 던져두고, 제일 따뜻한 안방으로 들어갔다. 침대 위 온수매트 온도를 올리고 담요를 둘둘 말고 쭈그려 앉아 복사해 온 자료를 풀썩거리며 펼쳐보았다. 늦겨울 저녁 시간의 주택가는 조용했고, 나는 제법 귀가 밝은 사람이었다. 자료에 정신을 쏟고 있었지만, 어느 순간 반복되는 아주 작은 쇳소리가 신경을 자극했다.

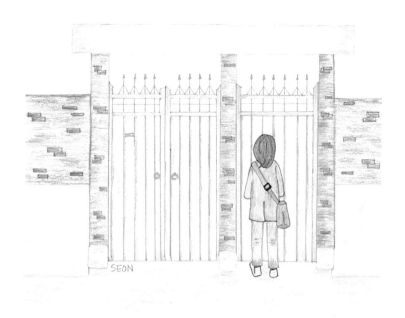

'아까부터 무슨 소리지?'

혼잣말을 중얼거리며 소리의 정체를 확인하기 위해 거실로 나왔다.

거실 한복판에 우두커니 서서 이리저리 귀를 기울였다.

거실의 동쪽 전면은 마당과 접한 미닫이 형식의 유리문이다. 겨울이라 두꺼운 커튼을 쳐 두었다. 아무 기척이 없었다. 거실 북쪽은 부엌으로 이어졌고, 부엌 뒤편에 뒷마당으로 통하는 작은 문이 있었다. 그곳도 조용했다. 모든 문이 미동도 없이 정적에 싸여 있었다. 소리의 진원지는 거실 남쪽의 현관문이었다. 대문으로 들어와 마당을 지나 거실로 들어오는 현관문에 낯선 손길이 날을 세우는 중이었다. 현관문의 동그란 쇠 손잡이가 아주 미세하게 흔들리며 들릴 듯 말듯 달그락 소리를 내고 있었다.

느닷없이 벌어진 상황에 어떻게 대처해야 할지 몰라 움찔했다. 개구리가 뱀을 만나면 놀라서 그 자리에 얼어붙는다더니 내가 그 격이었다. 순간 점점 크게 나는 손잡이의 '딸그락 딸그락' 소리가 정신을 다잡게 했다. 나는 곧 얼음에서 깨어나 문을 향해 소리를 질렀다.

"거기 누구야? 너 누군데 남의 집을 들어오려고 해? 경찰에 신고한다. 가!!"

모깃소리 같이 앵앵거리며 질러댄 나의 비명은 그 남자에게 범행 결단의 Q 사인을 던져줌이었다. 내 목소리가 집 안에서 나온 유일한 사람 소리였기 때문이다. 몰래 잠입하려던 차에 발각되었지만, 결과적으로 그는 집안에 나 혼자만이라는 사실을 확인했다.

그날 저녁 자신의 먹잇감이 혼자 있음을 확신한 그 남자는 이제 거리낌이 없었다. 현관문을 "쾅쾅쾅!!" 소리가 울리도록 거세게 잡아 흔들었다. 다행히 현관 걸쇠가 문을 잡아주고 있었다. 현관문을 닫으면 바로 잠그는 나의 습관이 그 남자의 급습을 잠시 막아 주었다. 그 남자는 손잡이를 통해 문을 열려는 시도에서 작전을 바꾸었다. 아마 마당 주변을 둘러보았나 보다. 마침 마당에는 겨울이라 꽃은 없지만 꽁꽁 얼어 단단한 흙이 된 작은 화분들이 줄지어 있었다. 유달리 화단 가꾸기를 좋아하는 엄마가 여름 내내 베고니아, 채송화, 피튜니아를 가꾸었던 화분이다. 내가 전화로 막 119를 누르려는 순간 현관문 윗부분의 불투명 유리창이 박살나는 소리가 났다.

"와장창창!!!"

겨울의 찬바람이 내 얼굴을 훅 스쳤다. 현관문 상단 유리창이 깨져나가고 마당에 놓여있던 작은 화분이 거실 깊숙이 날아 들어와 바닥에 조각나 흩어졌다. 깨진 유리창 틈으로 그 남자의 얼굴이 쑥 들어왔다. 나를 노려보는 그와 정확하게 눈이 마주쳤다. 짧은 스포츠머리에 흰 마스크를 쓰고 있었다. 그 순간 난 그 남자의 눈을 보았다. 그 눈빛! 조금의 흔들림이나 당황함 없이, 그야말로 살기로 이글이글 타오르는 눈빛이었다. 평생토록 절대로 지워지지 않는 눈빛이다.

그 남자는 깨져 한가운데가 펑 뚫린 유리 사이로 나를 노려본 채 손을 안으로 넣어 현관 손잡이를 돌렸다. 오늘 저 사람 손에 죽겠구나 하는 생각이 번개처럼 나를 때렸다. 그 뒤로 심리적 시간은 오백 년 같았지만, 물리적 시간은 5초나 되었을까? 그 남자는 손잡이를 돌려 현관문을 열고 집 안으로 들어왔고, 나는 그대로 돌아 부엌을 향했다. 불이 꺼져있던 부엌 바닥에 무언가 발에 걸렸고 뎅그렁 구르는 소리가 났다. 부엌에서 뒷마당으로 통하는 작은 문의 문고리를 잡아 열려고 했다. 쉽게 열리지 않았다. 내 손이 덜덜 떨린 탓인지, 아니면 쇠문고리가 녹이라도 슬었는지 그것을 여는 시간이 내가 죽고도 남을 시간처럼 길게 느껴졌다. 마침내 뒷문의 작은 문고리가 열리고 나는 뒷마당으로 튀어 나갔다. 그 남자가 현관문을 열어 안으로 들어오고 내가 부엌 뒷문을 통해 뒷마당으로 나가기까지 몇 초가 걸렸을까.

뒷마당으로 나갔지만 내 앞에 높이가 2m 가까운 벽돌담이 버티고 있었다. 좁은 뒷마당에는 밟고 올라설 장독도 화분도 그 아무것도 없었다. 바닥으로부터 수직으로 솟은 콘크리트 벽돌담만 버티고 있었다. 정신이 아찔한 바로 그 순간이었다. 어두운 공중에 내 발밑으로 담장 꼭대기가 스윽 지나갔다. 컴컴한 공간에 발아래로 담벼락 위에 엎어진 작은 기왓조각과 그 사이사이 박힌 깨진 유리 조각들이 스쳐 갔다. 내 몸은 어느 겨를에 뒷집 뒷마당에 웅크리고 있었다. 발목 하나 아프지 않고, 어디 한 군데 다친 곳도 없었다. 나는 불 켜진 뒷집 안방 창문을 주먹으로 세게 두드렸다.

"아주머니! 아주머니! 저 좀 살려주세요. 저희 집에 도… 도둑이 들었어요."

아저씨와 아주머니가 창문을 열어 보더니 놀라 뒷마당으로 달려 나왔다. 아주머니는 다리에 힘이 풀린 나를 부축해 집안으로 데려갔다. 느닷없이 뒷마당에 출몰한 나는 맨발이었다. 다친 곳은 없었지만 아저씨와 아주머니는 범상치 않은 상황임을 직감했다.

"아이구 학생, 이게 무슨 일이야?"

아주머니는 담요로 나를 감싸 안으며 아랫목에 앉혀 주었다. 아저씨는 동네 파출소에 주소를 대고 신고했다. 피해자를 보호 중이라며 당신 주소도 알렸다. 그제야 나는 참기 어렵게 온몸이 떨렸고, 눈물이 터져 나왔으며, 설명하려 해도 말이 제대로 나오지 않았다.

경찰 두 명이 아저씨 집에 금방 도착하였다. 5분도 채 안 걸렸던 것 같다.

"아이고. 두 분이 금방 와주셨군요!"
"신고 목소리 들어보면 진짜는 딱 압니다. 현장 둘러보고 오겠습니다."

아저씨와 대화를 나누고, 내가 안전한 것을 확인한 경찰은 담을 맞댄 우리 집으로 갔다. 그 남자는 이미 사라졌다며 뒷집에 있는 나에게 다시 왔다. 집으로 가보자는데 나는 사지로 끌려가는 것과 같은 두려움으로 다리가 후들후들 떨렸다. 경찰은 자신들이 동행하니 괜찮다고 해 주었다. 아늑한 일상이 이어지던 집은 엉망이었다. 거실 마룻바닥에 깨진 화분이 널브러져 있고 부서져 나온 흙과 마른 뿌리가 흩어져 있었다. 현관문은 유리가 깨진 채 열려 있었다.

그때 막 오빠가 들어오고, 뒤이어 엄마도 귀가했다. 엄마는 난장판이 된 집과 출동한 두 명의 경찰관, 울고 있는 나를 보며 소스라치게 놀랐다. 엄마에게 상황을 설명한 경찰이 의견을 덧붙였다.

"오늘처럼 눈이 내리는 날은 발자국이 남으므로 사실 이런 종류 범행은 잘 일어나지 않아요. 발자국도 과감히 이리저리 남기고, 유리창까지 깨고 들어오는 등 여러 정황을 보면 초범은 아닐 것 같습니다."

옆에 있던 다른 경찰도 말했다.

"대문 옆 담벼락 위에 눈이 헤쳐진 흔적이 있어요. 그리로 넘어왔나 봅니다. 그리고 뒷마당까지 나와 발자국을 남긴 채 이리저리 둘러보았던데, 아마 찾아다녔나 봅니다."

결국 나를 찾지 못한 그 남자는 다시 집 안으로 들어가 거실 소파 위에 던져놓았던 내 가방을 들고 사라졌다. 버스에서부터 따라온 것인지, 아니면 15분 남짓 골목을 걷던 나를 보고 온 것인지 알 수 없지만, 나는 그날 저녁 그 남자의 사냥감이었다. 그 사냥감이 5초 만에 오간 데 없이 사라져 버린 상황을 그 남자는 어떻게 받아들였을까. 다시 마당으로 나가 눈 위에 발자국을 남기는 위험을 감수하며 들어선 뒷마당에 사람은 없고 콘크리트를 바른 좁은 뒷마당과 높은 담벼락뿐인 그 수수께끼를 그는 어떻게 풀었을까.

그 밤으로 나는 보따리를 싸서 가까이 사는 작은아버지 집으로 옮겨갔다. 그 집으로 다시는 돌아가지 않았다. 그 남자가 집어 간 내 가방 안에는 지갑과 신상을 알 수 있는 온갖 신분증과 수첩이 들어 있었다. 나는 밤마다 악몽을 꾸며 극도의 불안증에 시달렸다. 나는 그 남자를 모르지만, 그 남자는 학교, 학과를 비롯해 나의 많은 것을 파악했을 것이다. 한번 심장이 뛰기 시작하면 진정이 되지 않았다. 머리에서 열이 나고 땀을 쏟으며 온몸이 떨렸다. 학교를 오가느라 지하철을 타고 가다가도 그 남자가 어딘가 있을 것 같아 중간에 내리곤 하였다. 특히 내가 기억하고 있는 그 남자의 모습과 조금이라도 비슷한 면이 있는 사람을 보면 다리가 풀려 주저앉곤 했다.

그날 밤, 내 몸은 순간적으로 담장 위로 날아올랐다. 그리고 아무런 충격 없이 뒷집 마당에 내려앉았다. 어떻게 내 몸이 순간적으로 날아올랐다 내려앉았는지 알 길은 없다. 천주교 신자인 엄마는 가슴을 쓸어내리며 말하곤 했다.

"하나뿐인 딸인 너를 하느님이 수호천사를 보내 지켜 주신 거야."

친구들은 설명할 수 없지만 세상에 가끔 일어난다는 신기한 일로 여겼다.

"어떤 사람들은 급박한 순간에 초인적인 힘을 갑자기 발휘한다고 하잖아. 아이가 차에 깔리려는 순간 자동차를 번쩍 들어 올린 엄마에 대한 이야기를 들은 일 있어."

"지어낸 이야기지만 어릴 때 그런 동화도 읽지 않았니? 사람이 벽으로 막 숨어 들어가는?"

내 경우가 어떤 경우인지 증명할 길은 없다. 다만 체육이라곤 못하는 나의 높이뛰기 신기록이었다. 또한 자동차를 들어 올린 어느 어머니의 경우처럼 설명할 수 없는 내 삶의 신비이다. 오로지 각자의 신념이나 신앙에 따라 해석할 수 있는 일이다.

나는 그때 내가 죽지 않고 살아남은 까닭이 있다고 믿는다. 어둠이 몸을 휘감은 공중에서 0.00001초인지 가늠하지도 못할 짧은 순간, 두 발 아래 스쳐 간 뒷마당 담장 꼭대기를 분명히 보았다. 이 뒷마당에서 저 뒷마당으로 날아오름과 사뿐히 내려앉은 과정은 상세히 되짚어지지 않는다. 하지만 그 남자가 쌓인 눈을 헤집으며 담을 넘어와 현관문을 깨고 들어왔고, 영문을 알 수 없지만 내가 이웃집 뒷마당에 무사히 있게 되었음이 그날 밤의 실상이다. 2m 가까운 높이의 담벼락을 기어오르거나 뚫지 않은 채 일어난 일이었다.

엄마는 부랴부랴 그 집을 팔고 나를 위해 빌라 2층으로 이사했다. 오빠 회사 가까이 있는 빌라였다. 큰길 옆 다소 오르막길에 자리한 넓고 환한 빌라였지만 나는 여전히 불안에 떨었다. 2층 현관문을 두 번 세 번 확인하고, 주변의 소리를 놓칠까 봐 집안에 티브이도 못 켜게 했다. 집 안팎의 모든 소리에 귀를 곤두세우고 그 정체를 확인하느라 잠을 이루지 못했다. 이사를 했음에도 불구하고 그 남자가 다시 올 것 같은 공포에 시달렸다. 신경정신과에서 심리상담을 받았다. 결국 내가 극복해야 할 문제라는 생각에 한 번 가고 그만두었다. 가족들이 나를 배려하고 돌봤지만 두려움은 그 뒤로도 아주 오래갔다.

신비는 한 번으로 끝나지 않았다. 어느 날 가방이 찢어져 내린 일이 일어났다. 머리 위에서 떨어진 육중한 검은 대리석 돌에 앞으로 메고 있던 가방이 찢겨 나갔다. 바람이 세차게 불던 겨울이었다. 최대한 바람을 피하고 싶어 건물에 바싹 붙어 버스를 기다렸다. 나중에 내가 서 있던 가게의 주인아저씨가 말했다.

"저 아가씨가 왜 남의 가게 앞을 가로막고 서 있나 했었어."

그랬었다. 전면 유리 양옆에 살짝 돌출된 기둥이 있는 구조라 기둥에 숨어 바람을 피하려 했다. 조금이라도 몸을 숨기기 위해 기둥 모서리에 찰싹 달라붙어 섰다. 추워서 커다란 가방을 앞으로 메고 초조하게 버스를 기다렸다. 그때였다. 굉음이 나며 전면 유리 위의 처마 벽돌이 일렬로 바닥에 떨어졌다. 일부는 깨졌지만 워낙 육중하고 단단한 대리석이라 대개는 둔탁한 형태를 그대로 유지한 채 차가운 콘크리트 바닥에 굴렀다.

내가 서 있던 가게 안에 있던 아저씨와 그 옆 가게의 주인아저씨 아주머니도 모두 눈이 휘둥그레 뛰어나왔다.

"아가씨! 안 다쳤어요? 아니, 처마돌이 완전히 떨어져 나가버렸네."
"네에. 저는 괜찮아요."
"세상에 웬일이래. 접착제가 떨어졌나 보네. 건물주한테 당장 연락해야겠어."

나는 어리벙벙하게 그냥 서 있었다. 바닥에 내동댕이쳐진 육중한 검은 대리석이 내 눈길을 잡았다. 순간 내리깔린 시선에 찢겨 너덜대는 가방 조각이 들어왔다. 위에서 돌이 떨어지면서 앞으로 메고 있던 가방의 거죽을 찢어 놓았다. 돌이 가방에 맞으면서 조금 비켜 나갔는지 발등은 무사했다.

"가방만 좀 찢어졌어요."
"야아 이거 아가씨 정말 착하게 살았나 봐. 이 돌에 그대로 머리를 맞을 뻔했는데, 하늘이 살렸네."

놀라서 웅성거리는 사람들 사이에서 나는 머쓱해졌다. 마침 버스가 오기에 나는 머리칼을 귀 뒤로 쓸어내리며 슬쩍 인사를 하고 차에 올랐다. 집에 도착하자마자 찢어진 가방을 보여주며 엄마에게 말했다.

"엄마, 나 집에도 오지 못하고 즉사할 뻔했어."

내가 선택한 단어가 너무 경솔했다. 엄마는 기겁하며 눈물까지 찔끔 보였다.

"아니 왜? 어쩌다가? 엄마 놀랬다."

자초지종을 설명하니 엄마는 부들부들 떨면서 놀람을 감추지 못했다. 이미 상황은 지나갔고 내가 눈앞에 있는데도 엄마는 심장이 두근 거린다고 했다. 내 부드러운 두피나 낮지만 연약한 콧잔등이 견뎠을 리 없는 묵직한 돌덩이였다. 우연인지 신비인지 알 수도 없고, 따져볼

까닭도 없다. 내가 여전히 온전하게 현존하고 있음만이 의미이다. 아직 내 세상의 마지막 날이 아니었음이다.

엄마는 내가 삼복 무더위에 태어나는 바람에 산후조리를 못해 평생 손발이 시리다고 했다. 엄마도, 나도 그날을 미리 지정해 세상에 한 명의 인구를 추가한 것은 아니었다. 언젠가 맞이할 나의 세상 마지막 날도 내 의사결정에 따른 날은 아닐 것이다. 세상에서의 내 마지막 날이 반드시 오겠지만, 그 남자가 담을 넘어 집에 들어온 그날은 아니었다. 머리 위의 돌이 떨어져 가방만 찢어진 그날도 아니었다.

"정말 너는 두 번이나 목숨을 건졌어. 그 순간을 생각하면 엄마는 여전히 벌벌 떨린다."
"세상에는 우리가 설명할 수 없는 일이 정말 일어나나 봐."

엄마는 내게 당부처럼 말했다.

"그러니 우리는 그저 감사한 마음으로 살자."

가끔 나는 왜 사는가는 질문을 할 때가 있었다. 사실 내가 모르고 자꾸 묻고 있을 뿐, 살아있는 이유는 분명히 있다고 생각한다. 2m를 제자리높이뛰기로 넘음은 거저 얻은 신기록이며, 설명할 수 없는 신비이다. 찢어진 가방과 떨어진 대리석은 현실이며, 돌덩어리가 강하한 수직선에서 불과 몇 미리 들어가 서 있었음은 신비이다.

살다가 혼란스러운 순간도 내가 무너지고 흔들릴 뿐, 살아내야 한다는 명제는 요지부동이다. 꽃샘추위가 기승이던 날 이글이글 타오르는 눈동자로 담을 넘어 나를 집어먹어 삼키려 들어왔던 그 남자도 내가 사라진 신비를 받아들였기를 바란다. 보이지 않는 세상에 대한 경외감을 그가 갖게 되었기를 진심으로 바란다. 그것이 그 남자가 담을 넘어 침범한 범죄 뒤에 깨달을 수 있는 의미일 터이다. 신기록과 신비의 현장에 있던 모든 사람이 삶이 전개되는 방식은 경이롭다는 현실을 마음에 묵직하게 받아들였기를 바란다. 우리 각자의 삶에는 인지하지 못하지만 신비가 있다. 어쩌면 오늘 살아있음 자체가 신비의 결과이다.

"너는 언제나 옷을 참 잘 입더라."

서툴게 관심을 보이며 내 주변을 맴돌던 남자 선배가 눈을 반달 모양으로 만들며 말했다. 학생 식당에서 점심으로 백반을 먹은 뒤 자판기에서 커피를 뽑아 들고 마시는 중에 불쑥 내게 던진 말이다. 이도저도 아닌 어중간한 표정으로 입술만 움찔하고 응수하지 않았다. 개인적 관심 표명에 대한 나름의 조심스러운 대응이었다. 3학년인 그 선배는 숱이 풍성한 곱슬머리에 검은색 가는 뿔테 안경을 썼는데 키와 체구는 자그마했다. 커피 컵으로 시선을 내리며 흘긋 보니 종이컵을 감싼 손이 내 손보다도 작아 보였다.

나는 여중-여고를 다니고 드디어 남녀공학인 대학 생활에 설레는 새내기였다. 학교에 남학생들이 오가니 기분 좋은 신경 쓰임이 이어졌다. 입학 초만 해도 도서관에서 운동화를 벗어 발 옆에 던져두고 공부하는 여학생의 모양새에 혼자 당황했었다. 훤하고 훤한 형광등 아래 책상에 얼굴을 옆으로 돌려 엎드린 채 잠든 모습도 어색했다. 같은 책상에 다른 학생들이 포진해 공부하고 있고 바로 옆으로 많은 사람들이 스치며 오갔다. 사람들의 표정은 모두 무심한데, 나 혼자 촌스럽게 민망해 했다. 친구들 앞에서 불 밝은 도서관에 엎드려 쪽잠 자기가 어색하다고 했다가 한마디 얻어들었다.

"하여튼! 너는 여고 나온 거 티 낸다!"

순간 움찔했다. 지적받은 그 티는 내가 벗고 나와야 할 껍질처럼 느껴졌다. 다시는 '속내를 드러내지 말아야지'를 다짐하며 '털털'의 가면을 썼다. 이제 돌아보니 그리 성공적이지는 않았던 듯싶다.

나의 어설픈 가면 뒤에는 남학생의 시선을 받고 싶은 19살 새내기 여학생이 있었다. 옷을 잘 입는다는 평가는 매력이 있다는 뜻일 터이므로 슬며시 웃음이 흘러나왔다. 시샘으로 인한 적을 만들지 않기 위해 친구에게는 절대 발설하지 않았다. 하지만 나를 보며 누군가는 설렐지 모른다는 근거 없는 자부심이 올라왔다. 슬금슬금 마음에 드는 남학생도 쉽게 사귈 수 있을 것 같았다. 대학에서의 내 정체성을 〈옷 잘 입는 여자〉에 방점을 찍었다. 장학금을 받아 부모님의 부담을 덜어드렸지만, 내 용돈이 늘어난 것은 아니었다. 아르바이트를 하지 않고 있었기에 빠듯한 용돈이었지만 차림새에 투자했다.

엄마는 등교 전 거울 앞에서 삼십 분 이상 걸리는 나의 분잡을 실눈으로 지켜보았다. 완성된 내 차림새를 훑어보며 요모조모 잔소리를 했다.

"레깅스나 트레이닝 팬츠로 등교는 안 된다. 초미니나 가슴골 보이는 복장은 삼가렴. 가장 예쁜 네 나이를 빛내 줄 옷을 잘 선택해야 해. 자칫하면 싱그러운 네 나이를 모양새가 망친다."

"아 진짜 엄마, 나는 내 스타일에 맞게 내가 알아서 잘 입고 다녀."

고등학교 때까지만 해도 엄마는 나의 쇼핑에 제1순위의 동반자였다. 하지만 슬그머니 리스트에서 엄마를 삭제하고 친구의 이름을 올렸다. 치수만 다를 뿐 모두 똑같은 교복에서 벗어났지만, 대학생의 옷이라고 해 봐야 말 그대로 거기에서 거기였다. 여학생들이 입고 오는 옷 스타일이 슬슬 비슷해지면, 유행하는 스타일을 갈파할 수 있었다. 학생회관 카페의 옥외 테이블에 앉아 2시간을 연희, 민지와의 수다로 채웠다.

"으윽, 저거 유행인가 봐. 배꼽 보여."
"저 유행이 오래가지 않을 것 같은데, 너네 살 거야?"
"야, 이 배에 저걸 어떻게 입냐!"

한바탕 키득대며 웃고 말았다. 옷을 판단하는 안목은 사실 얄팍하다. 처음 볼 때 어색한 복장도 하나둘 늘어나면 어느 순간 세련되어 보였다. 결국 나만의 개성이다 스타일이다 외치지만, 우리들의 개성 있고 자유롭다는 복장은 조금 다양해진 교복 같았다. 난 거기에서 꿋꿋하게 벗어나려 했다. 일종의 고집이었다. 중 고등학교 시절에도 나는 끝까지 버티며 코트나 바지에 성행하는 핫 아이템을 입지 않았다. 그러니 자칫 촌스러울 수 있는 차림새였다. 하지만 내 판단이 옳았다. 옷을 잘 입는다는 평을 받았으니 말이다. 내게 어울릴 뿐만 아니라 안목도 있다는 의미가 아니겠는가.

〈현대 한국의 형성〉이라는 공통선택과목의 담당 교수님이 강의를 하다가 문득 멈추고 70명이 조금 못 되는 수강생의 차림을 휘휘 둘러보았다. 안경 너머로 보이는 시선이 가운데로 멈추더니 강의 어투를 대화체로 바꾸고 우리의 복장을 비판했다.

"저는 가끔 여러분을 보면 신자유주의 시대라면서 사람들을 똑같게 만들려는 권력의 시도에 왜 자청해서 부합하는지 이해가 안 갑니다."

그 말의 의도를 바로 이해할 만한 문제의식이 우리 대부분에게는 없었다. 다만 질타가 담긴 것 같아 모두 조용해졌다.

"대학에 고유한 〈대학 문화〉가 무엇인지 파악하기 어려울 정도지만, '나다움'을 그렇게 화두로 삼으면서 왜 옷은 똑같이 입으려 합니까. 비슷한 스타일을 추종하는 것도 부족해서 아예 점퍼나 티셔츠 등을 똑같이 맞춰 입는군요. 특정 유니폼까지 보입니다만."

그제야 무엇을 문제 삼는지 이해되었다. 다 같은 교복을 입었지만 우리가 서로 얼마나 다른지는 중 고등학교 시절에 경험했다. 그래서 대학에 와서 학교 점퍼, 학과 티셔츠 등 같은 옷을 입는 행위가 우리 의식에 미치는 영향은 인지하지 못했다. 오히려 비슷한 옷을 입으며 무리에 섞였다는 안정감을 누렸다. 그날 학교 점퍼를 입지 않고 있었지만, 앞으로 어떻게 입을까를 곰곰 생각한 시간이었다.

엇비슷한 옷을 입으며 동질감을 느꼈듯이, 살아온 지역도 무리 형성의 요인이었다. 생활 반경이 비슷하면 많은 점이 나와 같으리라 싶어 서로 마음 문을 열었다. 그 단적인 표현이 출신 고등학교와 지금 사는 곳을 묻는 일이었다. 친구가 될 사람, 어울려 다닐 사람을 찾는 우리의 더듬이는 상대방의 활동 영역을 탐색했다. 연희도 그렇게 형성된 무리에서 만나 가까워졌다.

"너 집이 어디야?"

수업에 우연히 옆자리에 앉은 커트 머리의 연희가 먼저 물어왔다. 얼핏 보기에 나와 달리 운동을 잘하는 체질로 보였는데, 나중에 보니 전혀 그렇지는 않았다. 연희와 나는 집이 지하철로 1 정류장 거리였다. 그것을 계기로 대학 생활 내내 연희와 붙어 다녔다. 그동안 모르고 살아왔지만 우리는 비슷한 공간에서 쇼핑을 하고 외식을 했다. 다녔던 입시학원도 같았다. 생활반경이 겹치니 한 번쯤 마주쳤을지도 모를 일이다. 각자 스타일은 달랐지만, 서로 비슷한 성향도 많았다.

내성적이고 예민한 나와 달리 연희는 활발하고 소탈했다. 예민함이 고쳐야 할 단점처럼 취급되는 세상에서 연희는 비식 웃으며 나를 잘 받아 주었다. 간간하고 담백한 음식을 선호하는 입맛과 남자 학우들에 대한 속내는 비슷했다. 그러다 누구라도 짝사랑의 대상이 생기거나 남자친구라도 사귀면 우리의 쇼핑은 급발진이 걸렸다. 얼마나 많은 비밀을 속살대며 키들거리고 쏘다녔는지 모른다. 연희가 나를 잘 받아주었다고 느꼈는데, 지나고 보니 누가 누구를 더 품어주었는지 새삼 혼란스럽다.

4학년 2학기부터 동기들이 하나둘씩 취업해 사라졌다. 나는 전산회계 1급 자격증만 덜렁 있을 뿐이라 이력서를 내밀 곳도 별로 없었다.

전산세무 2급 준비를 시작하며 중소기업을 지원하던 중에 건축 엔지니어링 회사에 경리로 취직되었다. 중년 남자 2명이 면접관이었는데, 사장과 상무였다. 면접 내내 나에게 깍듯한 존댓말을 사용하며 업무 수행과 관련된 공적인 질문만 몇 개 하였다.

"일은 배우면 되는 거니까 경력 없다고 부담가질 필요는 없어요. 회계사 사무실에서 하라는 대로 하면 별 어려움은 없을 거예요. 다만 좀 길게 다녀 주면 좋겠어요. 적어도 1년 이상은 다녀줬으면 해요."

나 역시 취업해서 1년 이상 경력을 쌓아야 그다음 걸음을 준비할 수 있다는 생각이었다. 임금과 복지가 조금 아쉬웠지만 다니면서 다른 자격증을 준비하자는 계획을 세웠다. 조금은 들뜬 마음으로 12월 초 학기 말 전공 시험이 끝난 바로 다음 날부터 출근했다.

사장과 남자 직원이 6명 있었고, 여직원은 내가 유일했다. 입사 초기가 하필 법인세 신고를 위해 회계 정리를 해야 하는 시기라 배우면서 일하느라 분주했다. 차차 업무에 익숙해졌고, 하는 일 자체도 단순했다. 사회에 나오니 세상이 어찌나 빠르게 변하는지를 실감했다. 입사 초기에는 용역이 들어와 감정신청서가 오면 내용을 타이핑으로 정리해야 했다. 이제는 pdf 파일로 오니 그럴 일이 없어졌다. 종종 오던 제본집 사장도 더 이상 오지 않는다. 가끔 들러서 먹고 살기 힘들어졌다고 하소연만 늘어놓았다. 현장 조사 뒤 작성한 감정서를 제본해 책으로 발송하던 시대가 가버렸다. 담당 직원이 전자소송 홈페이지에 들어가 감정서를 업로드했고, 내가 하던 우체국 심부름도 크게 줄었다.

남자 직원들은 외근도 잦았고, 여직원 혼자라 차라리 편했다. 무엇보다 사장이 점잖은 사람이었고 공적인 업무 이외에 전혀 간섭이 없었다. 일하는 사이사이 내가 컴퓨터나 휴대폰으로 딴짓하는 것을 목격해도 모른 척해 주었다. 업무가 익숙해지면서 종종 대놓고 동영상을 보기도 했다. 저녁 회식은 없고, 가끔 점심 회식을 했다. 회식 자리에서 다 같이 의논할 일이 있지 않는 한 나에게도 선택권을 주었다.

"우리는 다 같이 요 앞에 순댓국집에 가려 해요. 순댓국 싫어하면 같이 안 가도 돼요."

"아… 제가 순대는 먹는데, 순댓국은 안 먹어봐서요."

사장은 함께 못 가는 대신 입에 맞는 식사하라며 점심값을 따로 챙겨주었다.

그럭저럭 다닐 만했지만 아저씨들의 땀 냄새, 담배 냄새, 사무실의 먼지와 퀴퀴한 냄새는 중화시킬 방법이 없었다. 룸 스프레이를 뿌려도 그때뿐이었다. 무엇보다 낮에도 늘 불을 켜야 하는 어두침침한 사무실이 힘들었다. 햇빛이 드는 자리는 남으로 난 사장 사무실과 회의실 뿐이니 도리가 없었다. 화창한 햇살 아래 오가지 못하니 점점 그늘 아래 곰팡이가 되는 기분이었다. 사람이 종일 형광등 아래 있으며 햇빛을 못 보는 생활은 동물로서의 본능에 역행한다며 속으로 아르렁아르렁거렸다. 교정에서 햇살을 듬뿍 받으며 지내던 학창 시절은 얼마나 좋은 시절이었던가.

영화에서 본 프랑스의 잔 다르크가 수감 대신 죽음을 택한 장면이 각색인지 실제인지는 모르겠다. 백년전쟁에서 활약하다 잉글랜드에 잡힌 그녀는 종교재판을 받았다. 목숨은 살려두되 평생 지하 감옥에 수감한다는 판결이 내려졌다. 그녀는 재판관들을 향해 과감히 말했다.

'평생 햇볕이 들지 않는 지하 감옥에서 사느니 차라리 죽음을 택하겠어요.'

결국 잔 다르크는 만 19세의 나이에 화형에 처해졌다. '목숨이라도 건지지, 나중에 어떻게 될지도 모르는데…' 하는 안타까움으로 본 비통한 장면이었다. 나는 그 장면을 보며 인간이 햇볕이 들지 않는 곳에서 살아감이 얼마나 힘든지를 크게 공감했었다. 남자 직원들은 수시로 외부 근무를 하니 형광등 아래 사무실 곰팡이는 나만의 이야기였다.

가끔 나의 연봉은 처리한 일의 가치보다 내 인신의 자유를 구속당한 보상이라 여겨졌다. 결국 여기 앉아 있으려고 그 긴 시간을 보낸 것일까 하는 회의도 일었다. 이렇게, 아니 이보다 더하게 일 속에서 평생을 살아온 아버지, 어머니가 존경스러웠다. 어차피 사무실에 내 몸을 묶어 두어야 한다면 월급 이외에 조금은 신이 날 일을 모색했다. 사무실 책상에 캐릭터 인형을 놓고, 파티션에 '팬질'하는 유명인 사진을 붙여놓았다. 온갖 아이디어를 짜서 실행했지만 역시 월급을 받는다는 것 말고 인신구속 상태를 견딜만한 즐거움을 찾지 못했다.

나는 이제 더 이상 옷을 잘 입는 사람이 아니었다. 아니 그런 열정이 사그라졌다. 꾸미는 목적이 자기만족이라지만, 치장에 대한 동기유발이 일지 않았다. 오후 1시가 가까워지자 저마다 손에 테이크아웃 종이컵을 들고 사무실로 들어선다. 소리 내어 커피를 마시면서 아직 식사 때처럼 입을 한쪽으로 다시며 쩝쩝거리기도 한다. 아침에 정갈해 보였던 와이셔츠는 어느새 마늘, 양파, 그리고 매큼한 찌개 냄새가 밴 헌 옷으로 보인다. 거기에 보태 저마다 담배 냄새까지 풍기며 파티션 너머로 사라졌다.


"뭐 하니?"

"뭐하긴 뭐해. 따분하기 그지없는 직장이지. 넌 뭐하니?"

"나야 열심히 흙 만지고 있지. 주말에 전라도에 있는 흙 가마에 1박 2일로 내려간다."

"어우, 부럽다. 바람도 쐬고 좋겠다. 나도 따라가고 싶다."

"가 봤자 고생이야. 얼마나 힘든데. 그거 노동이다."

"근데 너 도자기 배우는 일에 엄청 진심이다. 거기 괜찮은 사람이라도 있니?"

"어우, 다 땀 냄새 쩔어. 여긴 없다. 너는 있니?"

"절망이다 절망. 근데 왜 아저씨들은 식후에 양치도 안 하니? 끔찍하다."

연희에게 답장을 치려 하는데 사장이 불쑥 나와 말을 건넸다.

"25일이 월급인데, 지금 통장 잔고가 어떻게 되지요? 25일 월급과 월말 사무실 임대료, 다음 달 10일 지급할 4대 보험 내역 좀 정리해 주세요. 아 그리고 연말까지 외주비를 지급해야 해요. 연말까지 나가는 비용도 계산해 가져와 주세요."

나는 잠시의 수다를 접고 창백한 형광등 아래 직원의 모양새로 복귀했다. 그러고 보니 근무시간은 햇빛만이 아니라 사사로운 대화도 없는 시간이었다.

사장과 오가는 대화는 간접적으로 돌려 말할 필요도 없고, 뒤끝이 남지도 않아 아주 깔끔하다. 소통이다 공감이다 하며 나눈 얘기에 밀가루 반죽처럼 감정이 엉겨 털어내지 못하는 경우가 얼마나 많은가. 서류를 들척이며 사장이 말한다.

"아 고마워요. 좀 여유가 있군요. 그러면 현장 조사 외주비 2건 정도 지급해야겠어요. 외주비 지급한다고 세금계산서를 발행해 보내라고 해 주세요."

군더더기도 없고, 감정이 상할 일도 없는 지극히 공적인 대화이다. 내 속마음을 돌려 말할 필요도 없는 이 대화가 점점 좋아진다. 연희는 매번 술판을 벌인다는데, 그 지지배는 대학 때나 지금이나 여전하다. 그 질펀한 자리에서 나눈 얘기는 각자에게 어떤 의미로 남아 있을까. 생각만으로도 나는 기운이 소모되는 느낌이다.

연희는 졸업 뒤 평생교육원을 등록해 도자공예를 배우더니, 전문 도예가가 다 된 모양새다. 종종 컵이나 접시 등 물레로 도예를 해서 직접 만든 도자기를 내게 주었다. 연희를 통해 만나본 일도 없는 사람들의 도자기 성형 특징까지 파악할 정도가 되었다. 부리병에 부리는 잘 빚었는데 물대를 잘못해 물이 질질 흘렀다는 둥, 누구는 그 선을 맵시 있게 잘 빼서 부럽다는 둥 한껏 흥이 올랐다. 듣다못해 가끔 한마디 했다.

"너는 그 좋은 흙을 왜 유약을 발라 구어 쓰레기로 만드니!"

그건 그냥 주제 좀 바꾸자는 뜻이었다. 뉴스도 아닌데 자세히 내게 보고할 필요는 없지 않느냐는 간접적 표현이었다. 하지만 연희가 내 속을 헤아리지는 못했지 싶다. 같은 패턴이 매번 반복되는 것을 보면 그러하다.

　드디어 주말이다. 연희와 만나 돌아다니기로 했다. 연애하느라 신이 난 연희는 나만 만나면 옷을 사러 끌고 다닌다. 발품을 파는 연희 덕에 퀴퀴한 사무실을 벗어나 향내 나는 옷집과 화장품 가게를 돌아다니지만, 좀처럼 흥이 나지 않는다. 외모를 꾸미는 게 내 만족을 위한 일이지 누가 봐주기를 바라는 것은 아니라고들 한다. 나도 그렇게 말해왔고, 그런 척하고 있다. 하지만 지금 연희 앞에 들킬까 봐 꾹꾹 감춘 내 속내는 사무실 붙박이장이 된 뒤부터 화장이나 옷에 대한 관심이 뚝 떨어져 버렸다.

　'에혀, 봐 줄 사람도 없고, 누군가 봐 주기를 기대할 만한 직장도 아니고.'

　시큰둥하게 주말을 보내고 월요병이라는 공통의 병에 짓눌린 사람들과 동병상련을 나누며 전철에서 시달렸다. 계단은 왜 이리 많은지, 엘리베이터를 이용하는 시니어가 이럴 때만 부럽다. 걸음이 바쁜 만큼 다리 무게는 천근 또는 만근임이 분명하다. 건물 로비에서 3층 버튼을 눌렀다. 로비가 어수선하다. 엘리베이터 안에 인테리어 공사로 인해 양해를 구하는 소음 안내문이 붙어있다. 같은 층인 3층에 있는 사무실이다. 이런! 소음에 시달릴 생각만으로도 머리가 아프다. 엘리베이터 문이 열리니 바닥에 두꺼운 비닐이 깔려있다. 바로 옆 사무실이 한창 인테리어 공사 중이었다. 신나는 일이 기다리고 있음을 알 리가 없는 나는 공사 기간이 끝나기만을 기다리며 책상 앞에 붙어 앉아 일주일을 보냈다. 공사 소음이 들릴 때마다 '국방부 시계는 오늘도 돌아간다.'를 뇌였다.

또 찾아온 월요일. 그 월요일은 국방부 시계가 드디어 멈춘 날이다. 3층 복도에 유성페인트와 신나 냄새가 아직 남아 있지만, 공사를 마친 옆 사무실의 흰 문에 〈JJ Architects & Consulting〉이라는 세련된 글씨체의 작은 현판이 걸렸다. 황색 나무에 붓글씨체인 우리 사무실 명판과 다른 새뜻한 감각이다. 환기를 위해 열어둔 문으로 얼핏 보이는 사무실은 마치 카페처럼 꾸며져 있었다. 두껍고 누런 서류 봉투가 무너질 듯 위태하게 천정까지 곳곳에 쌓여있고 여기저기 장비도 놓여 있어 어수선한 우리 사무실 풍경과는 전혀 달랐다.

3층은 단 두 개의 사무실이 있고, 긴 복도 끝에 화장실과 탕비실이 있다. 사무실에 몇 명이나 있는지, 내부가 어떤 구조인지 정확히 알 수 없지만 복도에서 마주치는 그들은 젊었다. 그리고 매우 세련된 남자들이었다. 산뜻하면서 은은한 향수 냄새를 복도에 남겨 두었다. 같은 층에 근무하므로 서로 보일 듯 말듯 목례를 나누고 지나갔다. 북미에서처럼 오늘 날씨가 어떻다는 둥, 가벼운 대화를 나누는 문화는 왜 아직 우리에게 없을까. 아쉽다.

나는 갑자기 손을 자주 씻고, 화장실도 수시로 오갔으며, 여러 번 탕비실을 들락대며 차를 우려내 마셨다. 무엇보다 화장과 옷에 대한 동기유발이 토네이도 구름 기둥이 휘몰아치듯 다시 안에서 일어났다. 잠들기 전 다음 날 일기예보를 확인하고 그에 맞게 입고 갈 옷을 준비해 두었다. 출근에 앞서 매일 머리와 옷매무새를 가다듬으며 거울 앞에서 흥이 났다. 근무 중에 거추장스러워 머리를 둘둘 말아 고무줄로 묶고 있었는데, 수시로 웨이브를 가다듬으며 긴 머리를 내려 풀고 다녔다. 점심시간에는 헤어 롤을 다시 말아 쳐진 웨이브를 살리곤 했다. 복도를 오가며 마주치는 사람에게 수줍은 척 보일 듯 말 듯 미소를 지으며 고개인사를 건넸다. 그들 가운데 점점 안면이 익고, 한두 마디 말을 나누는 남자가 생겼다. 사내 연애도 아닌 사내 연애를 하는 스릴이 느껴졌다. 주말에 연희를 만나 쇼핑을 다녀야겠다. 마침 두꺼운 패딩을 벗고 트렌치로 갈아탈 계절이 오지 않았는가!

나는 재킷이 목덜미에 직접 닿는 것을 싫어했다. 겨울에는 목 폴라를 입었고, 다른 계절은 재킷 안에 깃이 달린 셔츠나 블라우스 따위를 입었다. 연희는 V넥을 선호했다. 연희와 나는 옷 사이즈가 같았다. 가끔 서로 빌려 입기도 하고, 서로 같은 장소에서 마주치지 말자며 똑같은 옷을 사기도 했다. 그런데 안에 입는 옷을 두고는 늘 의견이 갈렸다. 나는 V넥 옷은 내 체형에 어울리지 않는다는 생각이었다. V넥처럼 앞섶이 파인 옷은 나의 가늘고 긴 목을 더 두드러지게 하여 마르고 빈약해 보이게 했다. 하지만 연희는 나에게 곧잘 말했다.

"야, 너도 V넥을 입어봐. 카라 달린 재킷 안에 또 카라 있는 옷은 보기에 갑갑해."

"너는 왜 매번 비슷한 셔츠만 사니. 이거 봐라, V넥이 세련되어 보이잖아. 그 갑갑한 깃 달린 옷 말고 이거 입어봐."

"연예인도 화보 보면 재킷 안에 V넥 입잖아. 너도 입어 보라니까."

꿀꺽꿀꺽, 나는 매번 차마 입으로 하지 못하고 말을 삼키느라 애썼다. 연희의 말이 계속되면 언젠가는 오랫동안 삼켜 둔 말이 터져 나올지 모르겠다.

'야! 너는 목이 짧잖아!'

정말 속 시원하게 한번 외치고 싶다.

'너의 그 체형에 재킷을 입고 안에 셔츠까지 입으면 셔츠 깃이 얼굴에 닿겠다. 그러니 너는 V넥이 짧은 목을 살려주는 거야. 나는 목이 너보다 훨씬 가늘고 길잖아. 그러니 V넥 보다는 깃이 달린 셔츠나 블라우스가 어울리는 거야. 네 목과 내 목의 모양새와 길이를 비교해 봐 쫌!'

5년이 지나도록 그 말 한마디 하지 못했다. 아직 꿀꺽 삼켰지만, 언제까지 참을지는 나도 모르겠다. 대학 1학년 이래 내내 속살거리면서 우리는 과연 무슨 얘기를 나누었던 것일까. 문득 속이 불편하다. 차를 마시러 탕비실에 가야겠다.

# 사이다

헐레벌떡 걸으며 휴대폰을 집으러 가방 속에 손을 넣었는데 휘휘 뒤져도 횅하다.

'아, 내가 못 살아. 전화로 정확히 위치를 물어야 하는데…'

머리를 콩콩 쥐어박고 싶다. 지나는 모르는 사람에게 휴대폰을 빌려 사용하는 세상도 아니다. 설사 그렇다 해도 그런 주변머리가 내게 있을 리 없다. 휴대폰만 믿고 정확한 장소를 묻지 않은 탓에 막막했다. 20여 분을 되돌아 사무실까지 돌아갈 의지는 생기지 않는다. 무엇보다 엉거주춤 휴대폰을 들고 나오기가 머쓱해 싫다.

'공중전화를 찾자. 어디엔가 먼지를 뒤집어썼어도 분명히 있을 테니.'

혼잣소리를 해대며 걸음을 옮겨갔다. 오랜만에 낮 시간에 분주히 걸어 그런지 다리가 천근만근 무겁다. 따가운 햇살에 부신 눈을 크게 뜨고 골목 구석구석과 멀찍이 이어진 길 주변을 휘휘 살피며 걸었다. 큰 도로 바로 옆 이면도로인데, 윗잔다리공원을 따라 이어지는 도로가 지저분하기 짝이 없다. 봄 하늘은 구름마저 거둬내고 반짝반짝 햇빛을 쏟아 내려주는데, 콘크리트로 발라진 바닥은 회색으로 거무죽

죽하다. 그나마 온갖 쓰레기를 종량제 봉투가 감싸고 있어 뒷골목이 이만한 모양새라도 유지하거니 싶다. 이 인적 드문 골목에 공중전화 부스가 있을 리 없어 보인다. 난감하다.

왼쪽 도로변에 벽돌 담장이 길게 이어져 있다. 어린이집이다. 초록 나무와 알록달록 꽃 그림이 그려진 벽화가 좁고 지저분한 길에 생뚱맞다. 도로 양측으로는 건물 외관에 가스관과 계량기가 따개비처럼 붙은 3층 적벽돌 주상복합 건물이 다닥다닥하게 이어져 있다. 어린이집을 바로 마주한 곳에도 노래방, 맥줏집, 쌀국숫집, 커피숍 등이 어지럽다. 가끔 담배 피우는 사람이 구석에 웅숭그리고 있다. 걸어가는 방향 오른편에 내부가 훤히 보이는 여행사 사무실이 눈에 들어왔다. 그 앞 유리문 구석에 회색 점퍼에 신사복 바지를 입고 휴대폰을 들여다보며 담배를 피우는 남자가 있었다. 이즈음에서는 용기가 필요했다. 잠시의 휴식 시간을 불청객이 뺏는 미안함을 누르며 낮은 목소리로 조심스레 말을 걸었다.

"저어, 혹시 이 근처에 공중전화 부스가 있나요?"

30대 중반으로 보이는 그 남자는 미간에 내천[川] 자 주름이 매우 선명해 피곤해 보이는 인상이었다. 고개를 들어 나를 흘긋 보더니 입으로 가져가려던 담배를 잠시 멈칫하고 오른팔을 펴서 집게손가락으로 골목 안을 가리켰다. 불붙은 담배 끝에서 아지랑이 피듯이 곡선을 그리며 날아온 담배 연기가 코를 찌르게 매캐했다. 그 정도 냄새는 상관하지 않는 사람인 양 전화를 꼭 찾아야 한다는 애달픈 표정을 지어 보였다. 혹시 휴대폰이라도 빌려줄지 모를 일이었다.

"이 골목 따라 조금 걸어 들어가면 있어요. 3층 벽돌 상가 건물 입구에 교회 간판이 있고 부동산 중개소가 있는데, 그 옆에 한 대 있어요."

건성이지만 구체적인 그의 안내에 몸까지 숙여 꾸벅 인사했다. 왼손에 들려있는 그의 휴대폰에 시선을 남기며 발걸음을 옮겼다. 칫! 무심코 그 말이 입안에 맴돌았다.

조금 걸어 들어가니 오른편에 열두 개의 에어컨 실외기가 3열 종대, 4열 횡대로 둔탁한 철제 행거에 갇혀 길 먼지를 품은 채 버티고 있다. 그 옆에 부동산 중개소가 있고, 그 앞에 하늘색 공중전화 부스가 보였다. 부스 안에 반짝이는 스테인리스 공중전화가 숨바꼭질 놀이하듯 숨어있었다. 찾아내 다행이다. 재난 시를 대비해 아직도 운영 중이라는 정책에 찬사를 보내고 싶다. 가방에서 휴대용 물휴지를 꺼내 수화기를 닦고, 카드 투입구에 카드를 넣었다.

"엄마, 나예요. 내가 휴대폰을 갖고 나오지 않아 공중전화로 걸었어. 어디로 가야 하는지 위치를 정확히 말해줘요. 엄마 커피숍으로 갈까?"

"으응? 아이고 그랬구나. 여기까지 오지 말고 그 어린이집 정문을 지나 골목 끝에서 미술학원 끼고 오른쪽으로 돌면 한의원이 있어. 그 입구에 엄마가 서 있을게. 그리로 오렴."

"지금 걸어가면 10분 안으로 도착하니 조금만 기다려요. 또 전화 못

하니까 거기 꼼짝 말고 있어야 해요."

헉헉대고 걸음을 옮겼다. 한의원 문 앞에 서 있다 나를 본 엄마는 반색해서 첫 마디를 던졌다.

"사무실에서 전화를 안 가져 나왔어? 근데 팀장님이 배려가 많으시다. 신입한테 오후 반차 없이 외출도 허락해 주고 말이다."

순간 아스팔트에서 뿜는 열기만큼이나 후끈한 열이 얼굴에 올라온다. 한의원에서 두통과 소화불량을 치료받을 게 아니라 고구마가 얹힌 것 같은 나의 이 화병을 처방받을 필요가 있음을 절감했다. 더 이상 대화를 이어가지 말아야 한다.

내가 공중전화에서 벗어난 것은 고등학생이 된 뒤였다. 그때 비로소 부모님이 휴대폰을 사주었기 때문이다. 그 이전에는 거의 이용자가 없던 공중전화로 툭하면 달려가야 했다. 하필 누군가 사용하고 있으면, 기다리는 3분은 끝나지 않을 시간처럼 길게 느껴졌다. 통화의 최적 시간이 3분인 것일까, 기다리는 한계점이 3분인 것일까. 이제 와 생각하니 3분은 대화를 나누기에 가장 적당한 신의 묘수처럼 여겨진다. 자칫 뜻이 다른 사람과의 대화는 3분이 넘어가면 숨이 막혀오기 십상이다. 나는 특히 엄마와 대화를 나눌 때 그렇다. 내 인내가 바닥을 드러내기 전에 3분 안에 대화를 마쳐야 한다. 엄마 대화에는 엄마 자신은 물론 딸인 나도 없기 때문이다. 언제나 자신과 딸이 있어야 할 자리에 제3자를 들여앉힌다.

가까이 사는 정이 많은 큰고모는 집안의 막내인 나를 유달리 챙겨주었다. 큰고모는 말수는 적어도 종종 들러 용돈도 건네도 생일과 성탄절도 잊지 않고 챙겼다. 그럴 때마다 나는 어른에 대한 예의로 고마움을 표했다. 멀뚱한 분위기가 어색해 학교생활을 늘어놓기도 했다. 고모를 배웅하고 돌아서기 무섭게 엄마는 내게 늘 말했다.

"고모는 네가 정말 예쁜가 보다."
"고모는 네가 아주 신통한가 보다. 너를 어쩜 그리 귀여워하시냐."

내가 큰고모와 보낸 시간이 어떠했는지, 나에게 큰고모는 어떤 존재인지를 헤아림은 엄마에게 없는 전화번호와 같다. 마치 대변인처럼 상대방의 입장을 나에게 전하면서 그로 인해 내가 행복하기를 바란다. 엄마는 늘 그랬다. 그렇게 고구마 백 개를 물 없이 내어준다.

"그래도 그 친구는 너와 친해지고 싶어 하는데, 너무 그러지 마라."

사춘기 소녀들의 분쟁에도 엄마는 늘 제3자 입장을 내게 대변했다.

'응 엄마. 그런데 나는 어떨까? 그 생각은 해 봤어요? 나는 어떤지?'

나는 매번 묻고 싶었다. 하지만 단 한 번 물었다가 돌아온 대답이 영원히 각인되었기에 더 이상 묻지 않는다.

"엄마는 왜 엄마 딸에게 상대 친구의 입장을 대변하는 건데? 나보다 내 친구의 감정이 엄마에게 더 중요해?"

"그렇게 생각하는 게 너 마음이 편한 거야."

가령 지금이 조선시대고 내가 머리모양으로 결혼 유무를 드러내고 싶지 않으니 두발의 자유를 누리고 싶다고 하면, 필시 엄마는 이렇게 말할 것이다.

'윤이 나는 네 땋은 머리를 이웃집 순이가 얼마나 부러워하는데.'
'너의 풍성한 쪽머리를 동네 여자들이 모두 얼마나 예쁘다고 하는데.'

엄마의 대화방식에 고구마를 우걱우걱 먹은 것처럼 체증을 느낌이 어제오늘의 일은 아니다. 시원한 사이다 한 잔이 절실하다.

두어 달 전부터 지끈지끈 두통이 심해 계속 진통제를 복용했다. 소화마저 어려워 밥을 제대로 못 먹었다. 끼니를 자꾸 거르니 엄마가 성화를 해서 한의원에 왔다. 진찰한 뒤 가스가 찼다고 하며 배와 머리에 침을 놓았다. 이 주일분 약을 받아왔다. 두통과 소화불량에 시달리게 된 원인을 짚어내기 어렵지만, 머리가 지끈거릴 때마다 팀장 얼굴이 떠오른다. 20년을 모르고 살던 상관없는 사람이 갑자기 내 삶에 들어와 24시간을 휘젓는다.

특성화 고등학교에서 금융경영을 공부한 나는 졸업 직전 동교동 삼거리에 위치한 가전제품 회사에 취직했다. 품질경영팀에 소속되었는데, 팀은 분위기도 좋았고, 술 마시는 회식 자리도 없었다. 팀장부터

술을 마시지 않아 식사 뒤에는 카페로 향했다. 회사는 기술혁신과 도전으로 업계에서 앞서나갔고, 사회적 공헌과 친환경 행보도 크게 내딛고 있었다. 팀장을 위시해 모든 팀원은 산업공학을 전공한 남자 직원들이었다. 그들은 수시로 인천 공장을 오가며 품질 데이터와 실험을 분석하는 등 바쁘게 오갔다. 나는 사무실을 정돈하고 종종 팀원들의 간단한 시중을 들며 대개는 자리에서 팀장이 지시하는 일을 했다. 분주한 남자 직원들을 보며 나도 지금 주어진 일만이 아니라 미래를 위한 다음 도전을 모색했다. 사이버 대학에서 경영학을 공부할지, 아니면 실용으로 나가 컴퓨터 소프트웨어 방면으로 진출할지 관련 정보를 수집하며 차근히 일을 배워나갔다.

그런데 역시 세상에 꽃길은 없다. 서너 달이 넘어가면서 점점 이 회사를 다녀야 하나 마나를 고민하게 만드는 일이 불거졌다. 팀장은 내게 업무를 지시할 때 의자 뒤에 와 내 어깨에 그 뜨끈하고 축축한 손을 얹고 말했다.

"지난 한 달 AS센터에 접수된 리스트예요. 어디가 고장인지, 무슨 문제인지 AS 항목별로 분류해서 통계 내고 내역과 수치를 엑셀로 잘 정리해서 올려줘요. 매달 공장에 알려 줘야 하는 일이니까."

중년 남자의 복합적인 냄새가 뒤로부터 풀풀 풍긴다 싶더니 어느새 서류를 건네는 핑계로 의자 뒤에 와 서 있었다. 가끔 손으로 어깨를 도닥이기도 했다. 순간순간 스치는 끈적끈적한 손길을 소극적 저항으로 물리쳤다. 어깨에 손을 올리면 어깨를 움직여 떼어냈고, 등에 손을 대면 흠칫 몸을 피했다. 하지만 그의 탐욕스러움이 응축된 담배 냄새 풍기는 손버릇은 여전했다.

적극적 조처를 어떻게 취해야 할까 끙끙 앓았다. 고양이 수염처럼 신경을 곤두세우고 그가 주변에 나타나는가를 살피느라 일에 집중하기 어려웠다. 너무 스트레스를 받아 소화가 안 되기 시작했다. 엄마에게 말하기는 싫었다. 걱정과 위로라는 명목으로 엄마는 분명히 팀장의 입장을 내게 대변하는 방식으로 나올 것이기 때문이다. 그게 엄마가 나를 생각하고 편하게 만들어 준다는 방식이었다. 나로 살라는 말이 시대의 화두처럼 성행하는데, 엄마는 늘 나더러 남의 입장에서 살라고 한다.

봄을 맞아 팀 단합대회로 양재천에서 청계산에 이르는 길을 걷기로 했다. 청계산에 모여 식사를 하고 잠시 산어귀에 오른 뒤 해산한다는 계획이었다. 등산 아저씨 차림으로 팀장이 나타났다. 키가 크고 호리한 체격이지만 푸르죽죽한 색의 등산복 차림새는 여지없이 중년의 티가 물씬했다. 해산하기 전 기념사진을 음식점 종업원에게 부탁했다. "하나, 두울~" 외치는 순간 내 오른쪽 어깨에 체온이 느껴졌다. 바로 뒤에 서 있던 팀장이 갑자기 내 어깨에 손을 얹었고, 미처 어떻게 할 시간도 없이 그 장면이 박제되어 버렸다. 바로 열이 우수수 흩어졌고 다시 둘 셋씩 걸음을 옮겨갔다. 월요일에 출근하자마자 탕비실에서 회사 게시판에 올라온 사진을 놓고 선배 언니들로부터 무참한 구설수를 들어야 했다.


"이제 보니 너어~~"

뭐라 하려면 팀장에게 해야지, 왜 나에게 하는 것일까. 그 1초 남짓한 시간은 눈도 깜빡이기 짧은 시간이었을 뿐이다.

"연애를 해야 해. 연애를."

팀장은 자주 내게 연애하라는 말을 던졌다. 평생 사무직 말단으로 있을 수는 없기에 여러 진로를 모색하는 눈치를 챘음이었다. 웹 서핑을 하는 내게 다가와서 슬쩍 미소를 보이며 너 고민을 이해한다는 표정을 지어 보였지만 결론은 '연애'였다. 처음에는 남자친구를 사귀라는 의미로 이해했다. 이런 순진하기는. 세상 다부지게 살아 내려면 나는 아직도 멀었다. 그가 연애하라는 내역을 구체적으로 제시할 때야 그 말뜻을 가늠할 수 있었다. 팀장은 퇴근 무렵이면 영화 보고 저녁도 먹자는 말을 넌지시 건네기 시작했다.

금요일이 현충일이라 3일 연휴를 앞둔 목요일이었다. 여유로운 분위기에서 일식집에서 점심 회식을 했다. 식사가 길어져 점심시간이 끝나 갔으므로 모두 커피를 주문해 손에 들고 마시며 앞서거니 뒤서거니 사무실을 향해 걸었다. 팀장이 옆에 가까이 걸으면서 말을 걸었다.

"저녁에는 뭐 하나? 모처럼 긴 주말인데 영화라도 보자구."

부득부득 우기듯 말하는 팀장을 스무 살 나는 어떻게 해야 할지 몰랐다. 왜 선약이 있다는 말을 툭 던지지도 못하는 벙어리란 말인가. 퇴근 시간이 될 때까지 내 속은 전쟁이 일었다. 온갖 할 말을 궁리하면서 고개만 저었다.

'아니 아니야, 너무 약해. 에휴, 난 이 말은 못 할 거야'

결국 이른 퇴근 분위기에 팀원들이 하나둘씩 나갔고, 팀장이 내게 다가왔다.

"우리도 나가지!"
'우리라고?'

내 표정을 보면서도 팀장은 말이 나오는가 보다. 어차피 내 의견 따위는 안중에 없을 것이다.

나는 엉거주춤한 모양새로 가방을 어깨에 메고 일단 사무실을 나갔다. 오후 내내 말을 궁리하다가 생각해 낸 궁여지책이 엄마에게 가는 거였다.

"저… 엄마가 여기 신촌 CGV에 계시는데, 거기에서 햄버거 어떠셔요? 엄마가 커피도 맛있게 내려 주실 거예요."

모기 소리처럼 부탁하듯이 말을 꺼냈다. 2년 전부터 엄마는 신촌 CGV 내에 있는 커피전문점에 매니저로 있다. 개인 커피숍을 7년간 운영하다 정리하고 체인점에 취직을 했다.

"아, 어머니가 가까이 계서? 뭐 굳이 그렇게까지 안 해도 되는데."

팀장은 만연했던 미소를 거두고 우물우물 중얼거리듯 말했다. 나는 강하고 급한 발걸음으로 CGV를 향해갔고, 팀장이 따라왔다. 로비 오른쪽 티켓 박스가 있는 곳은 좀 어두웠지만, 맞은편에 위치한 커피숍은 환했다. 엄마는 나와 팀장을 보자 반색하며 자리를 안내했다.

"엄마, 팀장님인데, 연휴 시작이라 저녁을 사주시겠다고 해서 여기로 모시고 왔어."
"아유 세상에. 이렇게 챙겨주시고, 너무 감사합니다."

아랫사람처럼 황송하게 구는 엄마에게 팀장은 떨떠름하면서도 윗사람답게 예의를 갖추려고 했다. 결국 거기에서 팀장과 나, 그리고 엄마는 샌드위치와 차로 저녁을 했다. 팀장은 어색함을 누르며 엄마에게 내 칭찬을 늘어놓았고, 엄마는 담임선생님을 만난 학부형처럼 굴었다. 저녁 시간이라 커피를 사양하는 팀장을 위해 엄마는 후식으로 캐모마일 차를 내고 쿠키를 종류별로 접시에 담아 내왔다.
그 뒤로 엄마에게는 친인척과 친구들에게 딸 칭찬을 하고 싶을 때 단골 메뉴로 등장하는 말이 생겼다.

"팀장이 애를 얼마나 예뻐하면, 일개 아래 여직원 엄마를 다 찾아와 저녁을 사주었겠어."

한두 번은 들어 넘겼다. 하지만 평생 1인칭이 실종되고 3인칭을 주어로 사용하는 엄마식의 대화를 더 이상 듣기 힘들어졌다. 두통과 소화불량의 근본적 원인은 오래전부터 있었다. 다만 폭발 직전에 팀장이 불쏘시개를 던져 넣었음이다.

퇴근 후 지친 표정을 짓거나, 월요일에 출근하기 힘들어할 때도 엄마는 내게 말했다.

"그래도 그 팀장이 얼마나 네가 예쁘면 엄마한테까지 저녁을 사준다고 왔겠어."

나는 드디어 폭발했다.

"엄마. 팀장이 얼마나 끈질기게 나를 치근거렸는지 알기나 해? 연애하자며 기회를 호시탐탐 노려 내가 스트레스로 피가 말라갔어. 그날도 연휴 핑계로 기어코 나와 단둘이 저녁을 먹으려 해서 내가 엄마한테로 끌고 가다시피 한 거야. 완전 떨떠름해서 더 이상 어쩌지 못하고 왔을 뿐이야. 근데 나를 귀여워한다고? 왜 엄마는 평생 나에게 남의 입장을 대변하려고만 하는 거야? 그렇게 생각함이 내가 편한 거라고? 그 말이 도대체 성립되기나 할 말이야?"

3분 이내로 말을 쏟아내었다. 3분이 넘으면 완전히 의절한다는 말까지 해댈지 몰라 눈이 동그라진 엄마를 뒤로하고 방으로 들어왔다. 가르마에 흰머리가 솟아오른 엄마에게 이미 성인인 내가 무슨 말을 더 할 수 있단 말인가. 엄마건 팀장이건 영원히 넘어갈 것 같지 않게 얹힌 고구마를 사이다를 마셔 내려 보내는 일은 이제 나의 몫일 뿐이다.

# 두부와 잠옷

치큭! 작은 기계음이 공기에 미세한 파장을 일으킨다. 벽에 걸린 등 그런 시계의 시침과 분침이 정확히 6과 12에 멎었다. 이제 그만 가도 좋다며 차렷 자세로 인사를 건네듯 일자로 꼿꼿하게 섰다. 서둘러 책상 위를 정리하는데 문자가 왔다.

"박 대리, 의뢰인에게 받은 녹음자료 정리해 녹취록 작성 마쳤으면, 퇴근하십시오."

시간 되면 각자 알아서 퇴근하는 분위기라 딱히 퇴근 허락이 필요하지는 않다. 하지만 모두 외근하고 없었기에 잠시 망설이던 중이었다. 마침 문자를 받으니 퇴근 발걸음이 가뿐하다. 이른바 개인주의자들이 모인 곳, 언제까지 다닐지 모르지만 대략 적성에 맞는다. 입사 초기 만해도 송무 업무로 검찰청, 법원을 드나들 때는 처음 당하는 그 냉랭함이 힘들었다. 먼지바람 이는 서초동 언덕길을 걸어 내려오며 서러웠지만, 기구한 사연이 모여드는 곳에 근무하다 보니 그것도 단련되었다.

학창 시절 끊임없는 이론과 학설 판례의 나열이 이어지고, 두꺼운 책이 순식간에 진도가 나가는 팍팍한 과정이 이어졌지만 혼자를 좋아하는 나에게 법대는 잘 맞았다. 소수의 성공한 사람과 대다수의 뜨내기가 현실이라는 법대에서 나는 대다수의 뜨내기에 만족했다. 떠밀려 뜨내기로 내몰린 게 아니라 내가 선택했노라고 자조했다. 4학년 2학기가 지나가면서 로펌과 변호사 사무실 등 여러 곳에 지원했다. 낙방하고, 연락이 없고를 반복하다가 3명의 변호사가 있는 이곳에 합격했다. '취준생'에게 쏟아질 부모님의 질타와 염려를 받지 않게 되어 다행이었다. 지하철로 출퇴근도 용이했다. 부모님께 취직과 향후 계획을 말했다.

"아빠. 나는 이른바 '사'가 들어가는 명함을 갖기 위해 정진할 의향은 아예 없어요."

"그럼 앞으로 네 장기적 계획은 무엇이냐?"

"진즉부터 9급 법원직 공무원이 되면 최적이라고 생각을 마무리했어요."

"그래. 네 의향이 그렇다면 아빠 엄마는 그걸 존중한다. 독립된 사회인으로 길게 보아야 한다는 점만 염두에 두길 바란다."

"알고 있어요. 잘 준비해서 법원직 공무원 시험에 응시해 보려 해요. 직장을 다니며 할지, 아예 전념할지는 결정하지 못했어요. 일단 취직했으니 1년은 다녀볼게요."

옆에서 엄마는 아빠 말에 고개만 끄덕이며 아무 말도 하지 않았다. 변호사 딸을 두고 싶은 미련을 여전히 내려놓지 못했는가 보다.

졸업을 얼마 남기지 않고 다니게 된 이곳은 면접 즉시로 합격을 알려 주었다. 사실 면접은 당황스러웠다. 4명의 면접관은 유니폼마냥 모두 감색 양복 차림이었다. 나중에 보니 그중 한 명은 법무팀장이었고, 시종 진지한 표정으로 나를 응시하던 면접관이 대표 변호사인 김 변호사였다. 일면식도 없었지만 김 변호사는 학교의 대선배였다. 면접관들은 제출한 자기소개서의 내용을 중심으로 매우 구체적인 질문을 번갈아 가며 해왔다. 갑자기 면접관 가운데 한 명이 들척이던 서류를 책상에 내려놓으며 말을 꺼냈다.

"어학연수를 1년 다녀왔네요? 직접이든 미디어를 통한 간접이든 민사 소송에 관한 경험을 소개하고, 그런 소송을 접한다면 자신의 역량은 무엇인지 등을 영어로 말해 보시죠."

말을 마치고 손목시계를 보더니 3분 동안 하라고 했다. 등골에서 식은땀이 솟는 듯했다.

'앗! 무슨 사건을 이야기하지! 그것도 영어로.'

전광석화처럼 뇌리에서 가상의 사건을 구성해 말마디를 시작했다. 한 문인의 전처소생 장남과 후처가 저작권을 놓고 벌였던 소송의 전말을 읽은 일이 있다. 소송 내용을 유산 상속으로 바꾸고, 내가 완고한 장남을 설득하여 고인의 병간호를 도맡았던 후처의 기여분을 받아낸 스토리를 구성했다. 그때 마주 앉은 김 변호사의 표정이 눈에 들어왔다. 처음의 표정과 달리 눈이 아주 조금 반달형으로 변하고 입꼬리가 슬쩍 올라간, 그 보일 듯 말 듯 보내는 응원의 미소에 나는 긴장을 누르고 주문받은 3분을 채웠다.

풍채가 좋은 김 변호사는 양복보다 제복이 어울릴 것 같은 분위기였다. 윤기가 흐르는 금실 술이 달린 견장을 갖춘 제복이면 더욱 근사할 듯하다. 180cm라는 큰 키에 당당한 체격도 그러하지만 걸음걸이나 어투가 군대의 제식훈련이 몸에 익은 사람처럼 늘 절도가 있다. 나이가 41살이지만 숱이 풍성한 머리와 다소 검지만 주름 없는 탱탱한 피부는 건장한 젊은이 같다.

'몇 살부터를 중년이라고 칭하지?'

김 변호사를 의식하며 슬그머니 검색까지 해봤다. 나이는 중년인데, 결코 아저씨라고 부르기 힘든 외모와 분위기다. 가끔 상담을 마친 여성 고객이 거둬지지 않는 시선 한 가닥을 그의 사무실에 남겨놓은 느낌도 받는다. 나의 착각인지 직감인지는 알 수 없는 일이다. 그의 사무실에서는 늘 볼륨을 최대한 낮춘 음악이 흘러나온다. 동방정교회 전례음악 같기도 하고, 러시아 민요 같기도 하다. 흔히 들어본 음악이 아니라 가끔 궁금하다. 어떤 경로로 좋아하게 된 음악인지, 각별한 추억이 있는지에 대한 호기심이 나를 들쑤셔댔다.

하지만 김 변호사는 직원에게 업무 이외의 말이 없었다. 사건이나 바쁜 일정에 대한 어려움도 내색한 경우가 없다. 사무실에서 유료 법률상담을 할 때나, 전화 통화할 때 들리는 그의 깔끔한 언변을 숨죽이며 듣고 활자화했다. 특히 녹취록을 풀어 정리하노라면 중저음의 낮은 목소리로 논리적이고 정확하게 짚어가는 그의 말은 듣는 이로 하여금 공감하게 만드는 힘이 있었다. 조금은 특이한 그의 언사를 잘 배워둬

야지 하는 마음이다.

최고 온도가 한 자리 숫자로 내려가 쌀쌀해진 11월 어느 날, 머리 한 오라기 엉클어지지 않은 말쑥한 노년의 신사가 노크도 없이 사무실 문을 열고 들어왔다.

"김 변호사 있지?!"

다짜고짜 반말로 김 변호사를 찾았다. 요즘은 남자들도 피부 관리를 많이 받는다더니, 광채가 날 정도로 말끔한 피부에 윤기 흐르는 감색 양복이 지갑의 두께를 말해 주었다. 하지만 격양된 표정으로 가쁘게 숨을 내쉬며 들어선 행색은 그 지갑을 털린 사람의 모양새였다. 변호사 사무실을 찾는 사람은 대개가 그런 분위기다. 마지막 극단의 결판을 내고야 말겠다는 결연함으로 단단한 회색 벽돌 같은 인상으로 들어선다. 선약을 했는지 여부도 파악하기 전에 김 변호사 사무실로 휙 들어갔다. 내가 얼른 뒤를 따라 들어갔다.

"변호사님 지금 외출 중이시고요, 오늘은 사무실에 돌아오지 않아요."

정갈하고 고급스러운 차림새와 달리 노신사는, '이런, 이거 어쩐다지.' 하며 혼잣말로 횡설수설하였다. 일단 착석을 권하였다.

"김 변호사님과 상담 일정을 잡아드릴까요?"

따듯한 둥굴레차를 내주고 유료 상담을 안내했다. 차를 한 모금 마시고 곧 감정을 추스른 노신사는 민망한 듯 어정쩡한 자세로 일어섰다.

"이거 약속도 없이 불쑥 와서 실례했습니다. 제가 따로 김 변호사와 연락을 취하겠습니다."

나가면서 거듭 내게 사과까지 하였다. 생각보다 길어지기 마련인 재판을 치르려면 흥분을 가라앉혀야 하는데 싶었다. 격노할 일 없는 평범한 일상이란 얼마나 큰 축복이란 말인가. 점심시간이 지나서 들어온 김 변호사에게 노신사의 방문을 보고했다.

"아, 예. 알고 있습니다. 지금 제가 막 통화하려는 참입니다. 사건내역 정리를 위해 스피커폰으로 연결하니 박 대리도 들으십시오."

전화 스피커를 뚫고 노신사의 쩌렁쩌렁한 목소리가 울려 나왔다.

"아니, 그러니까 내 말은 시공자 지들이 준공날짜를 못 지킨 거라니까. 그래서 S전자가 결국 빌딩에 안 들어왔어. 옆에 다른 신축 건물로 들어가 버렸어. 그러니 나는 PF(Project Fiancing) 대출도 갚을 길이 없고 손해가 이만저만이 아니야. 그 큰 면적 3개 층에 갑자기 누가 임대를 들어오겠어. 보통 막막한 일이 아니라구."

김 변호사가 차분한 어조로 말을 이었다.

"예에. 강 사장님이 시공자를 상대로 공사가 늦어진 것에 대한 배상을 청구하는 지체상금소송을 의뢰하신다는 거죠? 지난번 제가 공사계약서 검토하지 않았습니까. 거기에 지체상금이 하루에 건물 공사대금의 1/1,000로 설정되어 있었고, 상한을 정해 놓으셨던 거로 기억하는데요. 맞습니까?"

"상한은 무슨 상한이야! 지금 지체상금만으로 될 일이 아니야. 아 진짜 내가 열 받아서. 손해가 막심해. 요즘 세상에 그걸 누구한테 임대를 놔. 시공사에게 그 돈만 받는다고 될 일이 아니라니까. 지금도 지지부진이라 공사 마무리가 언제 될지도 몰라."

"상세한 내역은 강 사장님이 다시 방문하시면 그때 잘 설명해 드리겠습니다. 박 대리 연결해 드릴 테니 스케줄 잡으시고요, 방문하시면 다시 대화를 나누도록 하죠."

강 사장이라는 그 노신사의 재산 규모는 가늠조차 하기 어려운 세상이다. 지체상금이 하루에 건물 공사대금의 1/1,000이라 하니 하루에 4천만 원, 열흘이면 4억이다. 얼마나 큰돈이 오가는 판인지, 이래서 조물주 위에 건물주가 있다고들 하는구나 싶다. 다른 사건도 많지만, 김 변호사는 특별히 그 노신사가 부탁한 사건에 유달리 신경 쓰는 눈치이다. 어떤 사이일까 슬그머니 올라오는 호기심을 꾹꾹 눌렀다. 무엇이 되었건, 나에게는 저 멀리서 그들만의 리그를 벌이는 사람들일 뿐이다.

법원이 시공사의 사유인지 건축주의 의무에 문제가 있는지 감정을 의뢰하였다. 이를 위해 김 변호사가 현장에서 열리는 감정기일에 출석하느라 사무실 복귀가 늦는다고 했다. 일정 관리표에 재판기일과 상담 예약을 정리하고, 등록된 사건조회의 내역을 출력해 둔 뒤 등기 관련 데이터 정리업무를 마쳤다. 막 퇴근하려는 참에 "땡!"하고 엘리베이터가 멈춘 소리가 들린다. 김 변호사가 외근에서 돌아오는가 보다. 그의 체중이 실린 묵직한 발자국 소리가 들린다. -뚜벅 뚜벅 뚜벅. 아니나 다를까, 문이 열리고 김 변호사가 들어섰다. 언제나 똑같은 말을 하며 사무실로 들어간다.

"수고가 많으십니다."

그가 지나가며 일으킨 공기의 흐름에 은은한 향수 냄새가 남는다. 열린 문으로 행거에 걸려 흐르는 듯 윤기를 머금은 검정 캐시미어 코트가 보인다. 그와의 동행을 내게 뽐내듯 한 올 한 올이 빛을 반사한다. 옷깃 위에 색깔 맞춤의 체크무늬 긴 머플러가 걸쳐 있다. TV 광고에서 본 장면일까. 뚜벅뚜벅 구둣발 소리를 내며 조명이 환한 럭셔리 신사복 매장에 중년 신사가 들어선다. 원목의 엔틱 스탠드 전신 거울 앞에 코트를 걸친 자신의 모습을 비춰보며 흡족한 미소를 짓는다. 그런 모습으로 쇼핑했음직한 그의 모습이 자동 팝업창으로 눈앞에 띄워졌다.

사건에 따라 의뢰인과의 관계가 돌이킬 수 없게 나빠질 수도 있고, 상담한 자리에서 승소 여부를 어느 정도 이야기하는 것으로 알고 있다. 김 변호사가 사건을 맡은 까닭은 아마 승산이 있기 때문인가 했는데, 법무팀장이 그 노신사가 김 변호사의 처숙부라고 귀띔해 주었다. 조금 뒤 김 변호사는 퇴근할 때 남기는 똑같은 말을 건네고 사무실을 나갔다.

"매진일로십니다."

여전히 적응되지 않는 그의 특이한 인사말이다. 매번 뭐라고 답해야 할지 몰라 어버버하는 사이 그의 뒷모습이 사라진다. 변호사비 가격을 고민하며 유사한 케이스를 뒤적이던 법무팀장은 김 변호사 이야기를 나에게 늘어놓았다. 법무팀장은 형사전문 법인에서 오래도록 사무장으로 근무한 경력이 있다. 배울 점이 많았지만, 사실 세속의 기름기가 맨질맨질한 사람이다. 민사 소송에서 주로 재산권 관련 소송을 맡는 김 변호사와 어떻게 연결되었는지 모르지만, 법무팀장은 김 변호사의 오른쪽 날개와도 같다. 법무팀장은 속살거리듯 낮은 목소리로 말을 이어갔다.

"짐작했겠지만, 혹시 박 대리가 실수할까 봐 그래. 김 변호사가 이혼하고 혼자인 것은 알지?"
"아! 그래요? 지금 알게 되었네요. 조심할게요."
"강 사장이 전처의 숙부라 좀 애매하지만, 김 변호사와 오래전부터 알던 사이야."

그의 말에 따르면 성북동에 살던 김 변호사 일가는 제법 재력이 있는 집안이었다고 했다. 아버님이 돌아가시고 3형제 간 상속 관련 분쟁이 일었는데, 그 불티가 김 변호사 부부에게 튀어 갈등 끝에 이혼했다고 했다.

"급한 유료 상담이 잡혀 전화했는데 변호사님이 휴대폰을 받지 않더라고. 바로 다음 날이 일정이라 늦은 시간이라 실례를 무릅쓰고 집으로 전화를 했었어. 사모님이 받기에 말을 전해 달라고 부탁했는데 그다음 날 변호사님이 미팅 사실조차 모르는 거야. 모두가 당황했지. 나중에 알고 보니 부부가 서로 말을 하지 않고 지낸 지 제법 오래되었더라고. 하 참, 얼마나 민망했는지. 아마 그 뒤에 얼마 안 가 이혼했을걸."

'아, 그랬었구나. 참 독한 분들이다.'

갈등이 생기면 자초지종을 조곤조곤 따지고 분명히 해야 성이 풀리는 나로서는 상상하기 힘든 '함묵'이다. 27세의 내가 그려내기 어려운 다양한 장면과 수많은 대화가 그의 삶에 있었음이 어렴풋이 그려졌다.

그 나이의 세상을 내가 아직 알 수 없지만 김 변호사는 법무팀장이나 다른 변호사와, 아니 그 나이 중년의 다른 남자들과는 분위기가 사뭇 달랐다. 군이 표현하면 얼룩진 행주 냄새와 같은 눅진함이 느껴지지 않았다. 자녀들 사교육비 부담이 만든 가장의 주름이나 어깨에 지고 있는 아내와의 갈등의 무게 등이 느껴지지 않았다. 그렇다고 사

랑과 존경받는 아버지나 아내의 살뜰한 손길을 받은 남편의 모습도 없었다. 처음부터 언제나 혼자 살아온 사람 같은 분위기였다. 마치 평생 꽃길만 걸어온 사람처럼 새뜻했다. 41세인 그의 여정에 있던 사랑, 결혼, 분쟁, 갈등, 별거, 그리고 이혼 뒤 독거에 이르기까지의 굴곡을 지나며 생겼을 옹이가 보이지 않았다. 적어도 내 눈에는 그랬다.

곧 다가오는 성탄과 종무식을 겸하는 파티가 예정되어 있다. 회식이라 하기엔 식사가 없고, 파티라고 하기엔 술이 없다. 하지만 연말 기념 '마니또' 행사가 예정되어 있다. 법무팀장이 3만 원 정도의 물건을 준비하되, 원하면 초과해도 상관없다고 안내했다. 접힌 종이를 펴 보니 나는 서 변호사의 마니또다. 포장지를 풀었을 때 모두가 나의 센스에 놀라게 하고 싶다. 서 변호사를 향한 탐색전에 돌입했다. 퇴근 무렵 법무팀장이 나를 부른다.

"박 대리, 언제 퇴근 뒤나 점심시간에 잠시 시간 좀 내 줄 수 있어?"

나지막한 목소리로 부탁해 온다.

"아 네~ 무슨 일로요? 시간은 내면 되죠."
"사실은 내가 김 변호사 마니또야."

오랜 흡연으로 변색된 입술 위로 집게손가락을 바싹 갖다 대며 비밀이라는 듯 말했다.

"잠옷을 좀 사려고 해. 그런데 인터넷으로는 잘 모르겠어. 가격은 편하게 입을 면 잠옷으로 대략 3~4만원 내외로 구입하려 해. 박 대리가 다른 사람 거 준비하면서 내 거도 함께 준비해 줄 수 있을까?"

쥐도 새도 모르게 혼자서 준비하는 게 마니또인데, 나에게 떠넘기나 싶어 슬쩍 귀찮았다.

"잠옷을요? 너무 개인적 물품이 아닐까요? 팀장님이 드리는 거면 괜

찮긴 하겠네요. 근데 잠옷을 입으시는지 여부를 먼저 알아야 하지 않
을까요?"

언제나 국민 실내복처럼 흰 러닝셔츠와 트레이닝 바지 차림의 아버
지가 떠올랐다.

"어우~ 김 변호사는 한여름에도 잠옷 입어. 출장 때도 세상없어도
잠옷은 꼭 챙겨와."

그렇구나. 참 깔끔하게 사는 분이네 싶었다. 사실 변호사 사무실에
근무한 뒤부터 나는 내 중년의 모습을 그려보며 몸서리치고 있었다.
내가 매일 접하는 사람들과는 달라야 한다는 전율이었다. 문을 열고
들어서는 사람들에게서는 이혼이나 분쟁의 문제를 넘어 구겨진 삶에
서 나오는 지친 냄새 같은 게 풍겼다. 명품 가방이나 고급 신사복을
걸친 사람에게서도 진절머리 난다는 묵은내가 났다. 갓 볶은 커피를
내릴 때 사무실을 가득 채우는 신선한 커피 향이 아닌 악다구니 같은
시간을 보내며 스며든 고약한 냄새가 나는 듯했다. 나는 중년이 되어
도 원숙한 삶의 향기를 풍기고 싶었다.

'어떻게 하면 잘 나이 들어갈 수 있을까?'

곱게 나이 들었다는 여성의 이미지를 검색해 들여다보기까지 하였
다. 김 변호사는 41세에 이르는 삶의 마디마디를 그 다부진 체격만큼

이나 강한 정신력으로 승화한 것일까? 잘 때도 꼭꼭 잠옷을 챙겨 입는 완벽주의자라서 그런가? 우여곡절을 넘어온 사람의 분위기가 느껴지지 않는 것은 나만의 착각일까. 그런 생각을 하는데 전화벨이 울렸다. 김 변호사였다.

"아, 박 대리, 아직 퇴근 안 하고 있었습니까?! 법무팀장님 계신지요?"
"네, 변호사님. 팀장님은 조금 전에 나가셨어요. 무슨 급한 일 있으신가요?"
"아… 아닙니다. 그럼 제가 핸드폰으로 연락하겠습니다."

숨이 찬 목소리였다. 무언가 번잡한 소리가 배경으로 깔리며 부스럭 소리가 들려왔다.

"무슨 일 있으신 거는 아니죠? 숨이 차신 것 같아서요."
"아닙니다. 저녁으로 뭐라도 끓여 먹을까 해서 편의점에서 두부 하나 사서 들어가는 길입니다. 걸어가면서 통화하니 그랬나 봅니다."

'오 노우!'

두부는 나의 최애 식품이다. 하지만 그 순간 두부는 혼자 사는 남자의 궁상스러운 끼니로 다가왔다. 저녁 시간에 흔히 슈퍼마켓에서 마주치는 몇 부류의 아저씨들이 있다. 장 본 물건을 대충 담아 빠르게 계산을 마치고 쇼핑 봉지를 들고 움직이는 중년 남자들, 발걸음을 재촉하며 들고 있는 장바구니에는 아내에 대한 배려와 가장의 책무도 함께 담겨있었다. 때로 혼자 사는 중년 남자의 궁상스러운 비닐봉지도 있다. 부스럭거리는 소리와 함께 그가 들고 있다던 두부가 바로 그렇게 다가왔다.

'두부로 혼자 뭘 끓여 먹을까? 식탁에 냄비 째 놓고 먹을까? 그럴듯한 그릇에 옮겨 제대로 상차림을 해서 먹을까?'

이 무슨 오지랖이란 말인가. 휙 스치는 생각을 타고 저녁상을 마주한 그의 모습이 그려졌다. 조말론 향수 향은 저녁 피곤에 날아갔고, 210수 수제 양복을 옷장에 건 뒤 식탁에 혼자 앉은 남자가 보인다. 두부로 무슨 요리를 했건 끼니를 '때우는' 모습이다. 나는 그의 성공, 안정, 일에 대한 동경에 눈이 어두워 그 뒤에 현존하는 그의 현실을 미처 헤아리지 못했다. 안방에서 들려오던 아버지의 심한 코 고는 소리도 음성 지원되었다. 내 머릿속에서 '땡!'하는 종소리가 들려왔다. 김 변호사는 끓여 먹을 끼니를 손수 챙기고 고독사를 의식하여 한여름에도 잠옷을 챙겨 입는 혼자 사는 중년 남자였다.

# Love is touch

"선웅아! 선웅아! 꿈이야, 꿈. 일어나보렴."

무채색의 골목에서 길을 잃었다. 날은 어둑어둑해졌는데 무표정한 사람들이 말없이 오간다. 어서 수능시험장에 도착해야 하는데, 어찌 된 영문인지 가도 가도 모르는 길이다. 이미 시험이 시작했으리라는 불안이 극에 달해 땀을 뻘뻘 흘리며 터져 나오지 않는 비명을 질렀다. 그 순간 엄마의 목소리가 들렸다.

"꿈이란다 꿈. 아무 일도 없단다. 이런, 땀을 흠뻑 흘렸구나."

엄마의 손길이 내 어깨를 흔들고 있었다. 매번 엇비슷한 꿈이 반복된다. 다 타버린 숯처럼 회색 어둠이 짙게 덮인 알 수 없는 장소에서 헤맨다. 동서남북도 가늠할 수 없는 거리에 죄다 모르는 사람들이 바삐 오간다. 꿈은 늘 주제가 같다. 시험장을 찾아 헤매거나, 시험지를 받았는데 전혀 모르는 내용이라 쩔쩔맨다. 그때마다 저 멀리서부터 엄마 목소리가 들렸고, 땀이 난 이마나 떨고 있는 어깨에 따듯한 온기가 느껴져 잠을 깬다. 자면서 느낀 곤두선 긴장과 나오지 않는 비명은 부드러운 엄마 손길이 닿으면 사라진다.

어느 대학이든 내가 진짜 미치기 전에 하루라도 빨리 끝내고 싶었다. 아침에 아빠의 면도기를 빌려 쓰고 나가면 밤 11시가 넘어 학원 차에서 아파트에 내렸다. 이렇게 살아야 하는 것인가 미칠 것 같아 아파트 단지를 걸어 다니거나 놀이터 구석에 쭈그리고 있다가 12시가 되면 집에 들어갔다. 뭐라도 되겠지 하는 바람으로 수시를 3개의 대학에 지원했다. 모두 탈락했다. 정시가 치열할 것이라는 보도가 쏟아지는 와중에 불안하게 버텨오던 엄마가 쓰러졌다. 부스스한 파마머리가 한 올 한 올 흐트러진 모양새로 커피머신 버튼을 누르고 멍하니 서 있던 엄마는 그대로 바닥에 드러누웠다.

"메스껍고 토할 것 같아. 바닥이 빙빙 돌아."

달려가 엄마를 안아 올리려 했는데 도로 쓰러졌다. 축 처져 두 팔에 실린 엄마의 몸이 무겁게 느껴져 순간 흠칫했다. 출근하려던 아버지가 급하게 엄마를 부축해 응급실로 달려갔다. 엄마에게 이석증이라는 진단이 내려졌다. 엄마는 멀미약으로 어지럼증을 달래고, 침대에 획 쓰러지는 기묘한 동작을 아침저녁으로 반복했다.

"엄마, 그렇게 고개를 돌린 채 휙휙 쓰러지면 더 어지럽지 않아?"
"자가 치료로 이 운동하래. 병원에서 영상을 보내 줘서 따라 하는데, 유튜브에 다른 영상도 많더라. 이러다 좋아진대. 괜찮아."

나에게 당장 미친 영향은 엄마가 당분간 운전을 못 하게 됨이었다. 보닛 위에 뽀얗게 쌓인 먼지가 눈에 확연히 뜨이도록 엄마 차는 주차장을 지켰다. 학원은 엄마 차로 20분 걸리는 거리였는데, 여러 군데를 돌아가는 학원 차로는 1시간도 넘게 소요되었다. 나의 귀가 시간은 더 늦어졌다. 엄마의 꿈은 무엇이었을까. 내 입시 뒷바라지만은 아니었을 텐데. 차라리 나 혼자 내몰린 전쟁터였다면 부담에 덜 짓눌렸을까. 엄마와 함께 허우적거리느라 더 진이 빠졌다. 엄마와 나는 우군이었다가, 적군이었다가 왜 싸우는지도 몰랐다가를 반복했다. 어떻든 내게 닥친 전쟁이므로 정시 준비를 해 나갔고, 2종 보통운전면허도 취득했다.

나는 별다른 특기도 없고 각별히 관심 가는 분야도 없는, 말 그대로 평범한 학생이었다. 딱히 원한 학과는 아니지만 엄마 소원대로 'in 서울' 대학의 전기전자공학부에 합격했다. 반도체, 스마트폰 등 전기·전자공학 산업은 한국이 나름대로 세계 시장에 경쟁력을 갖고 있다는 입시학원의 조언이 결정에 한몫했다. 입시지옥 탈출의 동반자인 엄마도 동의했다.

"그래, 선생님 말씀처럼 기초 전기·전자공학을 잘 배워두면, 바이오/의료 기술 등 여러 응용 분야에 활용할 수 있지 않을까 싶다. 네가 정말 원하면 이다음에 유학도 생각해 보고."

"엄마! 엄마는 19살일 때, 세상이 지금 같으리라고 상상이나 했어? 우리 세대의 장래와 직업을 어떻게 예견해. 난 내가 노인이 될 때까지 생물학적 존재로 지구에 살아남을 수 있을까 조차도 모르겠어. 늙어서 죽는 게 우리 세대의 장래 희망이야."

"이그, 녀석아! 그건 엄마부터 간 다음에 생각해라."

엄마가 조그만 주먹으로 슬쩍 내 머리를 쥐어박았다. 엄마 들으라고 한 소리는 아니었다. 전공이 무엇이든 이렇게 변화하는 세상에서 수년 뒤의 세상과 직업을 어떻게 예측할 수 있단 말인가. 나는 다만 영어를 핑계로 언제, 어떤 경로로 미국이나 캐나다로 갈 수 있을까를 궁리 중이다. 아무래도 군대는 일찍 다녀오는 게 나을 것 같다.

입시 공부에 팀 과외로 다섯 명이 몰려다녔다. 우리 다섯 명은 정보 공유를 주목적으로 뭉쳐 다닌 엄마의 아들들이다. 그럭저럭 다섯 명 모두가 지원한 대학에 합격했다. 우리 핑계로 결성된 엄마들의 관계도 원만함을 유지하게 되었다. 그 가운데 지훈이가 나와 같은 학교에 진학했다. 하지만 지훈이는 인문학부라 대학에서 마주칠 일이 별로 없지 싶다. 우리는 경쟁이나 손익을 떠나 단순히 어울리고 싶은 남자 고등학생들이었다. 하지만 그런 학생은 시트콤에나 등장할 뿐이다. 현실은 입시경쟁에서 살아남는 게 최우선 과제인 기형적 시간을 보낸 '형벌 동기'다. 입시전쟁이 마무리되자 우리는 이어지기 어려운 관계를 예감하는 '쫑파티'를 가졌다.

엄마들과 자주 오가던 가까운 뷔페식당을 장소로 잡았다. 여자 친구 문제로 엄마와 계속 갈등을 빚어온 현식이가 가벼운 걸음으로 나타났다.

"현식이 너 파마했냐? 손가락에 그 굵은 반지는 뭐냐? 커플링이 그렇게 굵냐?"

"야야, 효인이가 같은 학교 아니라고 꼭 끼고 다니란다."

"너네 엄마는 이제 좀 풀어 주시냐?"

"대학생이라고 까불지 말라 한다. 오히려 더하다 더해."

현식이 엄마는 현식이의 이성 친구 교제를 끔찍이도 반대했다. 여자 친구가 마음에 들지 않는지, 입시까지 참으라는 뜻인지는 분명하지 않았다. 현식이는 엄마의 줄기찬 반대에 어깃장을 놓으며 팽팽한 줄다리기를 벌였다. 그 불똥이 나한테까지 튀었다. 툭하면 있지도 않은 여자친구를 인생의 걸림돌로 규정한 엄마의 장황한 훈계를 들어야 했다. 한창나이에 여자친구가 생기면 절대로 절제할 수 없으니, 아예 시작도 말라는 게 엄마 말의 핵심이었다.

다섯 명이 웅성거리며 앉아 두서도 없고 의미도 없는 대화를 나누었다. 학원 마치고 밤 12시가 가까운 시간에 집에 들어가기 싫고 갈 곳은 없어 아파트 단지를 뱅뱅 돌던 일을 비롯해 저마다 그동안의 설움을 토로했다. 서로의 인생관을 늘어놓기도 했다. 급기야는 현식이를 향해 여자 친구 효인에게 말해 단체 소개팅을 주선하라며 나를 포함한 4명이 다그쳤다. 때마침 존 레넌의 노래, 〈Love〉가 흘러나왔다.

"야, 저 가사 가운데 너희들은 Love가 뭐라고 생각하냐?"

현식이가 갑자기 물었다. 스파게티를 한입 물고 있던 내가 경험을 기억하며 먼저 말했다.

"나는 Love is Feeling에 한 표 던진다. 왜냐하면 특정한 이성에게만 느껴지는 그 느낌이 있잖아. 그게 내 뜻과 상관없이 생기잖아. 그 feeling이 억지로 되는 게 아니더라."

현식이가 비웃듯이 쳐다보며 말했다.

"야, 모르는 소리 마라. Love is Touch야. 그거 아니면 아무것도 아닌 거야."

우리들은 모두 현식이를 보며 킥킥 웃었다.

20분 이내 거리에 살며 대학입시로 가는 걸음을 같이했던 우리들은
저마다 새로운 세상으로 흩어졌다. 엄마들은 여전히 모임을 지속했
다. 하지만 모임 목적이 달라졌다. 운동, 여행, 맛집 탐방으로 몰려다
녔다. 입시 전쟁의 실질적인 보급자였음에도 안방에서 문을 닫고 최소
한의 볼륨으로 TV를 시청하던 아버지도 해방되었다. 거실의 1인용 아
버지 전용 소파에 편안히 앉아 손에 TV 리모컨을 장착한 채 저녁 시
간을 보냈다.

"아빠가 대학 입학 때는 학교 배지를 자랑스럽게 달았었어."
"대학생이 학교 배지를요?"
"그럼! 근데 입학 뒤 두어 달 정도만 그랬어. 아빠 윗대는 교복도 입
었어."
"교복을요?"
"감색 교복이었는데, 어느 순간 유야무야 없어졌어."
"하긴. 지금도 태국은 전국 대학생이 다 똑같은 교복을 입어야 한대
요. 최근에야 반발이 일고 있나 봐요."
"그렇구나. 젊은 세대한테 정부가 복장을 강제하니 반발이 나오기
마련이겠지. 우리는 강제는 아니었고, 조금 쑥스러워도 배지를 달고
버스를 타면 어깨가 살짝 으쓱했었어. 하하."

안방 칩거에서 해방된 아버지는 가끔 그렇게 대학 생활의 추억담을
하나둘씩 꺼냈다. 그럴 때마다 한층 커진 아버지의 목소리는 여름날
아파트 광장의 바닥 분수대에서 솟아오르는 물줄기처럼 들떴다. 아버

지의 추억담 끝은 늘 한소리 높인 엄마의 교훈으로 맺는다.

"대학생이라고 아무나 만나고 다니면 절대 안 된다! 특히 여학생과의 성적인 문제는 오해 사지 않게 남자인 네가 절대 조심해야 해."
"아 쫌, 엄마. 일단 생기면 생각해 볼게요."

아버지는 말이 없고, 엄마는 내게 눈을 흘긴다.

대학에서의 1학년 과목은 개론이나 공통필수 또는 공통선택 과목이고 재미도 별로 없었다. 자연스러움의 너울을 뒤집어쓴 이성에 대한 탐색전만이 흥미진진했다. 나는 갑자기 큰 난관에 봉착했다. 교양필수 과목에 '사회봉사'가 들어있었다. 성적 등급은 나뉘지 않지만 문제는 내가 직접 기관을 섭외해야 하고, 기관 선정도 학교가 제시한 다소 까다로운 기준에 부합해야 했다. 학교 카페에서 지훈이를 만나 머리를 맞대고 의논했다.

"너 봉사할 기관 찾아봤어?"
"여기저기 검색은 했는데, 아직 마땅한 곳은 찾지 못했다. 너는?"
"나도 검색해서 중증 장애인 시설을 하나 찾았는데, 거기로 같이 갈까? 여기서 멀어."
"그래? 대개 다 멀리 있더라. 암튼 같이 가자."

정말 세상 귀찮은 과목이다. 서울이 이렇게나 넓었던가, 지하철을 타고 가다 버스로 갈아타고, 한참을 더 가서 버스에서 내렸다. 인터넷 지도의 도움으로 주소만 들고 찾아가는 길은 멀고 복잡했다. 누군가에게는 익숙한 자신의 동네겠지만 지훈과 나는 초행으로 전혀 와본 일 없는 곳이었다. 아침 8시 약속이라 일찍부터 서둔 지훈이와 나는 버스정류장부터 20분 남짓을 걸어가 어렵사리 주소가 가리킨 철 대문 앞에 섰다. 문은 열려 있었다. 콘크리트로 덮여 풀 한 포기 없는 넓은 마당에 조심스레 들어섰다. 마당 왼쪽에는 창고로 보이는 허름한 컨테이너 건물이 있었다. 마당을 감싸고 중앙에 현관문이 있고 튀어나온 양쪽 구조물 벽에는 창문이 있어 방이라 짐작됐다. 전체적으로 기다린 ㄷ자 형태의 집이었다. 현관문은 닫혀있었는데 안쪽에서부터 처음 맡는 강한 냄새가 풍겨 나왔다.

문을 열고 들어서니 냄새는 한층 강해졌고, 중앙에 거실인 듯 커다란 공간에는 다양한 자세의 아이들이 있었다. 왼쪽 방으로 시선을 보내니 누워 있는 두어 명의 남자아이들이 보였다. 10살이나 되었을까 싶은 마른 체형에 구부러진 팔 다리와 젖혀진 고개는 저마다 다른 방향으로 움직였다. 열린 오른쪽 방문부터 물소리가 들리는 욕실 문을 향해 아이들이 남녀 구분 없이 한 줄로 서 있었다. 초등학생 정도의 아이들부터 나와 비슷한 나이로 보이는 청소년도 보였다. 모두 한 줄로 목욕탕을 향해 서 있는데, 기저귀를 착용한 아이들 몸에서 심한 냄새가 났다. 욕실로부터 샤워기가 내는 물소리에 섞인 굵은 저음의 남자 목소리가 들려왔다.

"그래, 이리 돌아서고~"

기훈이와 나는 어디로 가야 할지 몰라 두리번거렸다. 까치발을 하고 거실에서 왼쪽 방을 끼고 돌아서니 주방이 있고, 식사 준비로 분주한 아주머니 두 명이 보였다. 오늘 봉사자라고 인사를 했다.

"남학생들이니 여기 주방일보다 아저씨가 아이들 목욕시키는 거를 좀 도와드리세요. 오전은 늘 식사 준비와 아이들을 씻기고 옷을 갈아 입히고 먹이는 일로 보내요."
"중중 장애를 가진 아이들이라 어린아이와 같으니 홀렁 벗고 있어도 놀라지 마시고요."

기훈이와 나는 겉옷과 양말을 벗고 바지와 셔츠를 돌돌 말아 올린 뒤 욕실로 갔다. 목욕을 도와주며 나는 주인아저씨를 향한 감탄과 존경이 솟구쳐 올랐다. 그와 동시에 인간의 몸에서 나오는 배변이 이렇게까지 심한 냄새를 뿜어야 하나 조물주라도 원망하고 싶었다. 아이들의 지능은 3~5살 정도였으므로 남녀의 구분이 없이 홀떡홀떡 벗었고, 표정에서 수치를 읽을 수 없었다. 순간 시선을 어떻게 처리해야 할지 난감했다.
하지만 곧 알 수 없는 마음이 몽글몽글 안에서 올라왔다. 찬찬히 옷을 벗겨주고, 오염된 기저귀를 빼낸 뒤 아저씨에게 인도했다. 아저씨는 배변으로 엉망인 아이들의 몸을 정말 정성스럽고 꼼꼼하게 씻겼다. 아저씨가 목욕을 마쳐 아이들을 건네면 몸을 수건으로 닦아주고 피부에 약과 파우더를 발라 주었다. 늘 기저귀를 착용하고 외출을 하지 않으므로 아이들의 피부는 몹시 연약했다. 짓무르거나 피부병이 많았다. 체격이 우람한 남자 청소년도, 온전히 성숙한 여자 청소년도 갓난아기처럼 순하게 따랐다. 등에 땀이 배는 목욕 시간을 마치고 아이들이 깨끗해지니 나도 개운했다. 곧 더러워지겠지만….

다음 난제는 밥 먹이는 일이었다. 목욕 시간 동안 아주머니는 고기와 쌀, 야채를 섞어 죽을 한 통 쑤어 밥공기에 담아 놓았다. 혼자 먹을 수 있는 아이도 있지만, 그렇지 못한 경우가 대부분이었다. 그나마 수저를 사용해 밥을 먹을 수 있는 아이들은 식사를 마친 뒤 그렇지 못한 아이들의 식사를 도왔다. 기훈이와 나는 누워만 있는 아이들의 식사를 맡았다. 몸을 가누지 못하고 누워만 있으므로 기도에 음식이 걸리지 않게 조심히 먹여야 했다. 누렇게 변한 플라스틱 밥공기에 얽힌 자국 천지인 수저를 들고 밥을 먹일 아이에게 다가갔다. 나이를 가늠하기 어렵지만 아홉 살 정도로 짐작되는 남자아이를 안아 내 무릎에 얼굴을 올렸다.

"자, 형하고 맛있게 먹자."

밥을 먹이는 동안 나는 아이에게 계속 말을 걸었다. 잘 먹는다, 맛있지, 이제 조금 남았다 등을 말하면 물끄러미 나를 쳐다보았다. 수저로 한 입씩 먹여 주는데, 입 안에 넣어주면 아이는 그것을 곧 혀로 밀어 뱉어내었다. 입 주변을 수저로 훑어 다시 넣어주고 다시 내뱉는 과정을 40분가량 반복해서 겨우 한 공기의 죽을 먹일 수 있었다. 그 시간 내내 나는 보았다. 그 아이의 깊고 맑으며 선한 눈동자를! 내 무릎에서 나를 바라보는 그 눈망울은 사는 동안 보아온 사람의 눈 가운데 가장 맑은 눈이었다. 한 수저씩 입안에 넣어주면서 알 수 없는 뭉클함으로 목젖이 뜨거웠다.

갑자기 주변이 소란스러워지면서 방에 밝은 빛이 들어왔다. 손에 조명을 높이 치켜든 남자, 희고 큼직한 사각의 반사판을 든 남자, 그리고 굵고 긴 렌즈가 달린 작은 대포 같은 카메라를 든 남자 등 일군의 사람들이 들어섰다. 조명을 받는 누군가가 방의 중간에 앉았고 옆의 남자가 자세를 구부린 채 낮은 목소리로 몇 마디 건넸다.

"이렇게 얘를 안고 있는 자세도 한번 취하면 좋겠어요."
"손으로 머리를 쓰다듬고 눈은 아이를 내려다보시고요…"

내가 방구석에 자리하여 아이에게 밥을 먹이는 동안 한바탕 수선을 떨다가 곧 사라졌다. 저들은 아이들의 정갈하게 다듬어진 손톱과 발톱, 그 꼼꼼한 손길을 헤아리기나 했을까. 이 아이들이 제각기 이름이 있다는 사실이나 인지했을까? 아주머니와 아저씨는 같이 사는 아이들의 이름을 돌림자를 사용해 지었다. 나도 그 이름을 불러가며 아이들과의 일방적인 대화를 이어 갔었다.

"주식이 오늘 잘 먹네. 몇 수저만 더 먹자!"
"주혜야, 파우더하고 약 바르자~

아직 내가 하는 일이 고작 여기까지임이 부끄럽다. 화려한 조명과 함께 깜짝 방문을 마친 유명인의 목적이 무엇이었든 그의 발걸음이 세상에서 아이들에 대한 관심을 조금이라도 일으킨다면 좋은 일일 터이다. 사진만 찍을 것이 아니라 후원금이라도 두둑하게 내놓고 갔기를 바랐다.

아이들의 식사가 끝나고 아주머니들이 식기를 치우며 우리에게 말을 건넸다.

"이제 가장 분주한 오전 일과는 끝났어요. 수고 많았어요."

가도 좋다는 뜻이었다. 주섬주섬 옷을 챙기고 나오려 하는데 서너 명의 아주머니들이 들어섰다. 가까운 교회에서 돌아가며 봉사하는 팀이라고 한다. 길에서, 지하철에서 만나는 평범한 아주머니들이다. 그분들의 걸어붙인 손과 밝은 미소를 보며 세상에 난무하는 희화화된 '아줌마'의 이미지가 얼마나 모욕의 문화, 혐오의 문화인가 싶었다. 교과목 이수를 위한 봉사 시간을 채우기 위해 일주일을 다녔다. 매일 같은 일과를 반복했다. 나에게는 일주일이었지만, 그곳의 매일 매일은 입시전쟁만큼이나 끝나지 않을 전투와 같았다.

잠시 구경꾼처럼 있던 그 전투에서 퇴각했는데, 떨어지지 않는 끈덕진 심사가 나를 혼란스럽게 했다. 문득씩 저 깊은 곳에서부터 불쑥불쑥 감정이 솟구쳐 목젖 밑이 뜨거웠다. 약을 발라줄 때 손가락에 닿던 아이들의 연약한 피부를 다시 어루만지고 싶었다. 병약한 피부에 파우더와 연고를 꼼꼼히 발라주고 싶었다. 소의 눈망울 같은 눈으로 나를 바라보던 그 아이를 다시 무릎에 안고 죽을 떠먹여 주고 싶었다. 누워만 있는 아이들의 머리를 쓰다듬고 팔다리도 주물러 주고 싶었다. 내 손으로 옷도 입히고, 어루만지며, 밥을 먹이고, 잠시라도 피부가 숨을 쉬도록 안아 일으켜주고 싶었다. 그 아이들이 보고 싶어 당장 버스를 타고 다시 달려가고 싶어 마음이 흔들렸다. 대상과 내용은 다르지만 현식이 말처럼 Love is Touch, Touch is Love였다. 만짐을 통해 찾아온 그 사랑은 핑 도는 눈물과 함께 나를 휘감았다.

봉사활동 교과목 개요에는 사랑의 실천을 경험하는 기회라고 나와 있다. 내가 사랑을 실천함이 아니라 내가 모르고 살아온 사랑을 배운 시간이었다. 세상이 제아무리 예측 불가능으로 변해도 사람은 사랑할 수 있는 존재일 터이다. 배우지 않아도 어느 순간 움트는 사랑, 그 세계로 들어가는 문은 Touch였다. Love와 Touch, 앞으로 나는 그 둘 사이에서 얼마나 많은 이야기를 써 내려갈 것인가.

# 가족의 너울

마침내 차창 밖에 드러난 불 밝은 역사가 반갑다. 드디어 하차할 역이다. 문이 열림과 동시에 탈출하듯 냅다 빠져 나왔다. 유리창을 통해 보니 아주머니는 세상 아무도 상관하지 않는 표정으로 여전히 통화 중이다. 서울을 종으로 가르는 노선을 이용하는 나는 50여 분이 걸리는 거리에 좀처럼 앉아가는 기회를 얻지 못한다. 출퇴근 시간이면 더 붐빌 뿐만 아니라, 장거리 승객이 많다. 오늘따라 운이 좋아 바로 앞에 앉은 사람이 내려 곧 자리를 차지했다. 그런데 아뿔싸! 10명이면 8명이 사용하는 휴대폰 벨 소리와 함께 시작한 옆자리 아주머니의 통화를 내내 들어야 했다.

"웅! 나야 나! 지금 지하철 타고 가고 있어. 아니 글쎄 말이야~"

그 뒤로 스포츠 중계방송보다 더 상세하게 시누이의 돈 부탁으로 인해 부부싸움을 크게 했다는 실황 중계가 이어졌다. 흘긋 곁눈으로 보니 나보다 체격도 작고 나이도 많아 보이는데, 목소리 데시벨은 내 두 배 같다. 공교롭게 아주머니와 바싹 붙어 앉아 역을 10개도 넘게 통과했다.

'아, 내려서 다른 열차로 바꿔 탈까…'

하지만 자리를 포기할 수는 없었다. 결국 남의 집 가족이 대판 싸운 스토리의 기승전결을 다 들은 뒤에야 하차할 역에 도착했다.

'어우, 가족사는 집에서 가족끼리 나누세요. 흑.'

눈이나 입처럼 귀도 의지대로 열고 닫을 수 있으면 얼마나 좋을까 상상해본다. 인구 천만을 바라보는 도심에 꽉꽉 끼어들어가 사니 서로가 맞물려 피곤함을 주고받으며 살아간다. 알아야 할 이유가 없을 뿐만 아니라 공공의 의미도 가늠하기 어려운 남의 가족사로부터 멀찍이 비켜나고 싶다. 가족도 아닌 사람을 가족의 범주로 잡아 끌어대니 고달프다.

친구도 마찬가지다. 나는 친구로 족할 뿐 가족처럼 굴 수 없다. 그러고 싶지도 않다. 파스타 전문점에서 고등학교 동창 세 명이 금요일 저녁에 모처럼 만났다. 늦게 나타난 서윤이가 만난 시간 내내 남자친구의 병원 투어를 설명했다.

"너무 어지러워 걷기도 힘들다는 거야. 나랑 같이 병원이란 병원은 내과부터 이비인후과까지 다 다녔는데, 원인을 모르겠네. 근데 어지러워 못 살겠다고 했다니까."

"어우 근데 그걸 다 같이 다녔어?"

"그럼, 그 정도는 가족처럼 같이 해 줘야지."

"힘들어 어쩌니. 빈혈이나 저혈압 그런 거 아닐까?"

부드러운 성격의 정아가 말을 나누었다.

"피 검사도 다 해봤지. 적혈구 숫자도 정상이래. 완전 막막하지 않니?"

생각보다 길어지는 서윤이의 말에 무어라 응수하기 어려워 나도 어지럼증이 나는 것 같았다. 언제쯤 저 상세한 병원순례보고가 끝날까 싶었다. 슬그머니 올라오는 짜증을 밭은기침으로 막으며 주제를 바꿔보려 노력했다. 하지만 실패했다. 사회적 의미와 연결되지 않는 사사로운 생활이란 다른 이에게는 지루한 법이다. 더군다나 서윤이 남자친구는 아직 얼굴도 모르는 사람이다. 내 가족처럼 걱정하는 것 같은 표정을 언제까지 지어보여야 하는 걸까.

엄마는 종종 나에게 말했다.

"지수야, 남남이라도 슬픔은 위로해 준다고 하지만, 기쁜 일은 전혀 달라. 너에게 일어난 좋은 일을 좋아해 줄 사람은 가족뿐이야. 사실 나쁜 일도 남에게 말할 필요 없다. 남들은 오히려 속으로 무시해."

뼛속 깊이 체험한 현실에서 나온 엄마의 조언을 나는 마음에 새기며 산다. 특별할 것 없는 우리 가족은 네 식구가 아침이면 저마다의 일터로 튀어 나가고 저녁이면 앞서거니 뒤서거니 들어온다. 모두 고만고만한 사업장에서 종일을 보낸다. 아근바근 부대끼다가도 가족뿐이라며 의지하고 산다. 종일을 보낸 노동의 대가로 종종 비싼 과일도 사먹는다. 가끔 다투고, 적당히 화해한다. 그 일상에 다른 사람과 공유

할 내용은 아무것도 없다. 내 성격이 독특한 것일까.

"엄마, 이제 병원 행정직으로 취직할 수 있어. 지금부터 착실히 모아서 내 앞길 잘 헤쳐 갈 테니 걱정하지 말구."

"그래, 2년 동안 알바 하면서 공부하느라 애썼다. 네가 알아서 쏙 취직하니 기쁘다."

"목표가 있어서 그건 힘들지 않았어. 상위 몇 프로의 입시전쟁에 들리리 서며 오가던 고등학교 3년이 힘들었지."

"엄마도 잘 알아. 네가 목표도 승산도 없는 전쟁에 휘말렸다고 짜증 많이 냈잖아."

나는 정말 그랬다. 장기전의 후방부대원처럼 어슬렁거리며 3년을 보냈다. 학교에서 말썽은 부리지 않았지만, 집에서는 신경질을 많이 냈다. 비슷한 입장의 친구들과 어울렸다. 같이 달려갈 입시라는 목표를 외면한 여고생의 우정은 사생활 공유였다. 노골적인 감정의 표출과 다듬어지지 않은 언어를 사용하며 서로를 위로한답시고 서로에게 성장통을 남겼다.

고교졸업자라는 학력을 간신히 취득하고 편의점 아르바이트를 시작했다. 그리고 사회인으로 살아갈 계획을 세워 사이버대학 보건행정과를 다녔다. 새벽 찬바람을 가르며 편의점에 향할 때마다 몸이 힘들었지만, 상업적 거래로 사람을 대하는 일은 오히려 마음이 편했다. 손님에게 좋은 사람일 필요도 없고, 이해한다며, 공감한다며 이야기를 잘 들어줄 필요도 없어서 편했다. 아르바이트로 2년의 시간이 채워질 무렵, 유달리 바람이 찼던 11월 벽두에 병원 행정사 자격증을 취득했다. 국가 공인 보건의료정보관리사에 도전을 할지, 가산점이 붙는 공무원 시험에 나설지는 아직 모르겠다. 지금은 최소한의 경제력이지만 부모님에게 전적으로 의지하는 삶에서 한걸음 나왔음에 만족한다. 주변에서 자식 이야기만 나오면 엄마는 으쓱한 투로 말했다.

"아유, 우리 지수는 지가 알아서 병원에 취직했어."

병원 행정직이지만 취업이 어렵다는 세상에서 엄마가 으쓱해하니 그만이다. 그래도 멋쩍다. 엄마 자신이 했던 말처럼 다른 집 딸 취직에 누가 관심이 있다고 자랑하나 싶다.

비교적 출퇴근이 용이한 곳을 선택의 최우선순위로 잡았다. 사실 어느 병원을 가든 계속 계약직의 타이틀이 붙는다. 먹고는 살겠구나 싶은 딱 그 정도의 보수에 계약직이다. 인크루트 채용시스템에 접수하고, 최종 합격하면 이력서와 자기소개서를 제출하지만 대개 '경력 무관'이 붙는 자리이다. 그러니 처우에 큰 기대를 하지는 않는다. 내가 봉착한 어려움은 보수나 계약이 아니라 다른 데 있었다. 직장에서 내가 접하는 모두를 '가족'으로 묶는 분위기다. 아예 모집 공고에 '가족'이 들어가는 경우가 허다하다.

'가족처럼 함께 하실 분'
'내 가족처럼 환자를 대하실 분'

집집마다 가족의 모양새는 천차만별인데, 이 무슨 고정관념이란 말인가. 현실과 상관없이 강하게 존재하는 틀에 박힌 가족 개념이다. 집에서 오빠를 소 닭 보듯 하는데, 그렇게 환자를 대해도 좋다는 말이냐고 되묻고 싶어 입이 근질하다. 엄마도 부아가 나면 아빠 앞에서 우당탕 퉁탕거리며 오가는데, 그 모습도 가족의 일상이다. 오늘 하루의 뉴스만 봐도 가족의 민낯이 쉽게 드러나는데, 고정관념은 이리도 강한가 보다. 하지만 나 역시 가족처럼 굴겠다는 허울을 쓰고 규모가 제법 큰 정형외과에 취직하였다. 병원을 방문한 낯선 이들도 나를 가족으로 대할지는 논외의 문제다. 가족으로서의 도리는 직원인 나에게만 요구되는 사항이다. 다행히 직원은 서로를 '선생님'이라 불렀다. 오빠, 언니가 아니니 얼마나 다행인가!

병원에는 수십 명의 직원이 있고, 하루에 백 명 이상의 외래 환자가 몰려왔다. 직립 인간을 괴롭히는 온갖 문제를 실감했다. 대부분의 노인 환자는 살아온 세월만큼 관절 관절이 모두 문제였다. 나이를 막론하고 목과 허리는 통증의 주범이었다. 운동하다 다친 아이들과 청소년 환자도 제법 많았다. 금가고 부러진 곳이 팔이나 다리 등이면 그나마 다행이다. 스케이트보드를 타다 넘어져 꼬리뼈가 골절되어 난감한 경우도 꽤 있었다. 정형외과에서 근무하다 보니 지나가는 모든 사람들의 전신 해골 모양이 꿰뚫어져 보일 정도였다. 잘못된 자세를 취하고 있는 사람을 보면 바로 잡아주고 싶었다.

'저러다 목이 아플 텐데…'
'저런, 상반신 무게가 죄다 허리에 가해져 있네…'

선무당이 사람 잡는 격이었다. 하루 종일 뒤틀리고 어긋난 몸을 보다 보니 표본으로 만들어진 해골 모형이 가장 아름다운 사람의 모습으로 느껴질 정도다. 나부터 오른쪽 어깨로만 책가방을 메고 다닌 탓인지 척추가 살짝 휘었다. 알고 보니 오른쪽 다리도 왼쪽 다리보다 1.5cm 짧았다. 별다른 문제가 없었음에도 불구하고 엄마에게 어깃장을 한번 놓았다.

"엄마는 딸이 다리가 짝짝이인 줄도 모르고 키웠어."
"에이그. 그러게나 말이다. 알 수가 있었어야지."

사실 많은 사람들이 모르고 살다가 통증을 느끼고서야 병원에 왔다.

병원에서 치료 순서가 된 환자를 부를 때는 이름 뒤에 '님' 자를 붙여 불렀다. 그런데 병원의 모든 직원들은 한 시간 정도 걸리는 물리치료

중에 말을 걸어오거나 질문을 하는 노인 환자와 대화할 때는 '아버님' '어머님'을 사용했다.

"아버님, 핫팩도 작동할 건데요 뜨거우면 말씀하세요."
"어머니, 공기압 다리 종아리 맛사지기도 작동할게요. 비용 따로 추가되지는 않아요."

머리에 서리가 온전히 내린 환자들은 호칭 상 모든 직원의 아버님, 어머님이다. 노인 환자들은 그 호칭을 당연히 받아들였다. 그들은 대개 손아랫사람 대하듯 나에게 말을 놓았다. 연어 근처도 못가는 피라미 같은 내가 혼자 물살을 거슬러 올라갈 수 없는 일이니 어쩌리. 완벽한 남남이지만 가족의 범주에 있는 사람인 양 굴 수밖에 없다. 언제 누구로부터 시작되었는지 분명히 알지 못하지만 국민 여동생, 국민 남동생에 이어 국민 엄마, 국민 할머니 등 국민이면서 가족인 엇박자 지는 개념이 묘하게 합치돼 쓰이고 있다. '국민학교'라는 명칭이 문제시되어 내가 입학할 때 이미 '초등학교'로 바뀌어 있었다. 그런데 새삼 남남인 국민을 피가 섞인 가족과 뒤섞는 모순이 일어나고 있다.

"환자들한테 어머님, 아버님이라 부르기 어색하지 않아요? 저는 입에서 잘 안 나올 때가 있어요."
"어? 그래요? 나이 드신 분들한테는 오히려 이름 부르기가 뭐하잖아요? 그러려니 하는데요?"

나만 거부감이 올라오는가 보다. 이상한 성격으로 몰리기 전에 더 이상 발설하지 말아야겠다.

북미 드라마의 장면을 떠올리면 그들은 이름을 사용했다. 형제간 호칭에 언니고 오빠고도 없었다. 자신과의 관계를 설명할 때는 형이나 언니라고 표현했지만, 부를 때는 이름을 사용했다. 새엄마나 새아버지도 이름을 부르는 게 관행으로 보였다. 가족을 벗어나면 가장 보편적이고 거의 유일한 호칭이 이름이었다. 그와 달리 우리는 혈연적 관계가 아닌 남남 사이에 가족과 친인척의 호칭을 스스럼없이 사용한다. 언니, 오빠, 이모, 심지어 아버님, 어머님 등 아무런 관계가 없는 남에게 친인척 호칭을 사용함은 한국만의 풍경이리라. 왜 나 혼자 이 문화에 적응이 어려운 것일까.

학창 시절 남자친구가 나보다 나이가 위면 '아무개 씨'로 불렀다. 그런데 사회에서 만난 남자친구 경수는 내 입에서 '오빠'가 나오기를 기대했다. 심지어 나이도 같은데 애칭으로 그렇게 불러주기를 바랐다.

"너는 나를 오빠라고 부르는 게 왜 그렇게 싫은데?"

"내 오빠는 집에 있는 한 명으로 충분한데? 너는 친구잖아. 남자친구."

"그러니까. 남자 친구인데 무슨 씨는 처음 사귈 때나 쓰는 거지. 오빠라고 부르는 게 가깝고 친근하잖아. 내가 몇 달 먼저 태어났으니 오빠는 오빠다."

"오빠하고 여동생은 일종의 상하관계잖아. 난 너의 여동생이기는 싫어."

결국 경수는 자기를 남자친구로 생각하지 않는 거라며 내내 서운해했다. 이 무슨 해괴한 논리란 말인가. 나는 남자친구의 여동생이고 싶지 않다. 매사 나를 가르치려 하고 어린애 취급하며 군림하는 오빠는 집에 있는 오빠로 충분하다. 휴대폰에 남자친구를 '울오빠'로 저장한 정아가 내게 물었다.

"그래서 경수랑 다퉜어? 그냥 못 이기는 척하고 오빠라고 불러주지 그래."

"나 혼자 유난인 거 알아. 그래도 나는 남자친구가 오빠의 위치가 되는 것이 싫어. 은근 상하관계잖아. 나는 동등한 친구, 연인이고 싶지, 여동생은 사양하련다."

"옷을 사러 가도 점원이 무조건 언니라고 하잖아. 너는 흔하게 쓰는 가족 호칭 사용이 왜 그렇게 싫은데?"

"전통적으로 가족은 일종의 서열이 있잖아. 촌수와 나이, 성별 등에 바탕을 둔 호칭이 사용되잖아. 그 문화가 난 좀 싫어. 우리 가족구조는 권위주의도 좀 강하고."

"사실 난 별 의미 없이 사용했는데…"

"으응. 그거 이해해. 아마 내가 혈연에 바탕을 둔 가족 서열구조에서 제일 끝자리여서 더 민감한가 봐. 엄마 아빠도 막내여서 줄줄이 윗사람뿐이거든."

"그래도 터울 있는 막내라고 널 예뻐해 주시잖아."

"그렇긴 한데 가족에서 가까운 친척에 이르기까지 모든 사람이 수직으로 얽힌 구조에서 내 위에 존재하잖아. 위에서 아래로 향하는 길만 있는 것처럼 느껴질 때가 많아. 아우, 우리 오빠는 4살 위라면서 얼마나 내 위에 군림하려 하는지 몰라."

나는 가족이라는 구조가 내가 일하는 사회로까지 확산되는 것이 끔찍하다. 연인 사이에 적용함은 더더욱 안 될 일이라고 생각하고 있다. 취직을 하니 아버지, 어머니로 대해드려야 하는 사람들이 갑자기 수백 명도 더 생겼다. 어린 나이에 다쳐서 온 아이들에게는 '이모'처럼 다가가야 했다. 가족의 너울은 진짜 가족보다 크고 강했다. 미성년을 벗어나 비로소 큰 목소리로 여봐란듯이 '나답게 살 거야', '나로 살 거야'를 외치며 모든 너울을 걷고 나를 찾겠노라 했다. 하지만 가족의 너울 아래 환자를 대함이 가장 큰 덕목인 직장인이 되었다. 호칭에 나 혼자 적응하지 못해 쩔쩔매는 형국이다. 아버님, 어머님 대신에 '아무개 씨'라 말하고 싶어 입이 근질근질거린다. '

병원에서도 종종 남편을 '오빠'라고 칭하는 여성을 봤다.

"오빠가 지금 주차 중인데 올라와서 결제할 거예요."

그 대화를 이해하는 데 몇 초 걸렸다. 예전에는 '자기'였던 것 같은데, 언제 모든 남친과 남편이 '오빠'로 되었을까? '피는 물보다 진하다'면서 피와 물이 마구 뒤섞여지는 세상이다. 가족이 사랑이지만 경우에 따라 벗어날 수 없는 원수며 끊어지지 않는 구속이라는 사실을 모두가 잘 알지 않는가. '가족'이라는 찐득한 묶음을 해체하고 '개인'이라는 개별적 존재로 훌훌 낱알 털리듯이 날게 해 주었으면 좋겠다. 하지만 내가 세상을 바꿀 수 없으니 어찌하겠는가.

가끔 도수치료를 비롯한 치료사들은 상담학을 공부하지 않았어도 심리상담사가 다 되었다고 농담으로 말한다. 환자가 증세를 설명하는 과정에 원인처럼 나오는 개인적 하소연을 응대해 주다보니 그렇게 되었다고 했다. 집에서 아버지는 내가 2로 조절하는 볼륨을 18도 넘게 키우고 TV를 본다. TV소리 자체보다 날이면 날마다 보이고 들려오는 듣도 보도 못한 해괴한 사생활 공유에 심신이 다 너덜너덜해지는 것 같아 듣기 힘들다. 유명인은 물론 일반인도 자신의 사생활을 남과 공유하는 흐름에 합류하였다. 이 힘든 소모전을 치료사들은 어떻게 매일 치르는 것일까. 알고 보니 내가 '초예민'이고, 그래서 지불해야 하는 생존의 비용일까.

인터넷에 올라온 영국 남자의 유머를 봤다. 우리로 하면 '안녕하세요?'에 해당한다고 할까, 흔히 건네는 인사말에 버럭 성을 내는 장면이다.

"안녕하세요, 오늘 어떠신가요?"
"내 하루가 어떻든 당신과 무슨 상관이오!"

나는 그 영상이 스파클링 음료처럼 시원했다. 내 생활도 드러내고, 남의 영역도 파헤치며 세상은 온통 피해자와 가해자가 뒤엉켜 있다. '나는 자연인이다'고 외쳐도 그 외침 자체가 벗어날 수 없는 세상과의 관계를 역으로 보여준다. 부디 물은 일도 없고 궁금하지도 않은, '안물안궁'인 남의 사생활에 고양이수염처럼 곤두선 내 감각이 닿아 혼비

백산 달아나는 일이 없었으면 좋겠다. 마찬가지로 다른 이의 촉수가 내 사생활을 뚫고 들어오는 일도 벌어지지 못하도록 방어막을 친다.

하지만 나는 내 아버지와 엄마를 부를 때보다 더 친근하게 '아버니임~' '어머니임~'을 부른다.

"어머님, 다음 예약 도와드릴까요?"

"아버님, 오늘 약 처방 나갔으니까, 1층 약국에서 약 지어 가셔요~"

나의 아버님, 어머님 환자들은 나를 싹싹하다며 좋아했다. 노인들에게는 의사를 만난 몇 분의 시간보다, 물리치료사나 접수자의 응대에 따라 기분이 크게 좌우된다. 그 기분은 병원에 대한 평가로 이어지므로 여간 신경 쓰이지 않는다. 가족관계로 묶는 호칭이 입에서 겉돌지만, 나는 최대한 노인 환자들에게 친절하려 노력했다. 직장이니까. 나의 가증스런 가족주의의 적극적인 실천은 나를 매우 친절하고 따뜻한 직원으로 포장해 주었다.

허리 통증으로 도수치료와 물리치료 받으러 몇 달째 오는 고운 인상의 할머니가 있다.

"맞은편 건물에 있는 정형외과는 마이크로 사람 이름을 불러 대서 정신이 하나도 없어."

할머니가 고개를 휘휘 저으며 말했다.

"그러셨어요? 원장님이 대기실에서 아버님, 어머님들이 편하게 기다리시게 신경을 많이 쓰세요."

"으응. 맞아. 여기는 대기실이 넓어 쾌적해. 선생님이 허리에 주사를 아프지도 않게 놔줘서 통증이 훨씬 덜해."

할머니는 늘 예약 시간보다 늘 조금 미리 왔다. 안내데스크에 붙어서 자주 말을 걸어왔다.

"내가 집에는 말할 사람이 없어 벽보고 혼자 지내. 바쁜 데 주책같이 내가 자꾸 말을 거네."

"아유 어머님, 괜찮아요. 저도 심심하지 않고 좋아요. 어머니 말씀이 재밌는걸요."

접수와 안내를 진행하는 사이사이 떠나지 않고 말을 이어가는 할머니에게 한 톤 높인 목소리로 웃으며 말했다. 피할 수 없으면 즐기라고 했던가. 차라리 웃으며 대화를 하는 게 피할 수 없어 즐기는 방법이다.

할머니는 깔끔한 분이었다. 겉옷 안에 치료받기 위한 간편한 복장을 입고 등원한다. 병원에 물리치료를 위해 준비되어 있는 반바지와 티셔츠는 남이 입었던 거라서 싫다고 했다. 몇 달을 일주일에 한 번 이상 오다 보니 표정만 봐도 할머니의 그날 기분을 알 수 있을 정도였다.

"어머니, 오셨어요? 오늘은 좀 어떠세요?"

"으응, 늘 그렇지 모. 더 아프지만 않으면 좋아."

작은 미소를 보이는 할머니 얼굴 표정은 갈수록 편안해 보였다. 서운함, 노여움, 외로움이 언뜻언뜻 배어나오던 표정이 어린아이처럼 단순해져 갔다. 주름진 얼굴이 갈수록 느슨하게 느껴진다. 치료비는 핸드폰 지갑에 꼭꼭 넣어 둔 아들 이름의 카드로 지불했다.

"어머니, 수납 도와 드릴게요."

할머니는 휴대폰 지갑째 나에게 내민다. 나는 그 지퍼 안에 들어있는 카드로 결제한 뒤, 반드시 있던 자리에 넣고 지퍼를 꼭 잠근다.
어느 날처럼 할머니는 치료를 마치고 수납을 했다. 통상적인 인사말을 나누고 나갔는데, 조금 뒤 다시 들어왔다. 읽은 물건이 있나 해서 쳐다보니, 대기실에서 갸우뚱거리다가 다시 나갔다. 엘리베이터 앞에 서 있다가 다시 들어와 나에게 조심히 다가왔다. 나를 향해 그 단순하고 편안해진 미소를 지어 보이며 아주 작게 말했다.

"언니야, 내가 집이 어딘지 생각 안 나."

입꼬리에 힘을 주어 어설픈 미소를 보일 수 있을 뿐, 난 할머니의 가족이 아니니 어찌하리. 번개처럼 휴대폰이 들어있는 할머니 가방에 눈이 갔다.

아… 이 할머니 홍민자 씨의 가족에게 연락부터 해야겠다.

"공사비 부풀리기 등으로 업체가 얻은 부당이익이 170억 원에 이른 다는 판단 때문입니다."

TV 화면의 기자가 업체를 성토하며 격앙된 목소리로 보도한다. 누 군가에게는 심각한 상황이지만, 당장 나에게는 짜증이 솟구치는 생활 소음이다. 귀를 뚫고 들어오는 소리가 아무것에도 집중하지 못하게 만들었다. 방문을 잡고 잠시 갈까 말까를 생각하느라 발가락을 꼼질 거렸다. 결국 살그머니 소리의 진원지인 할머니 방으로 갔다. 리모컨 으로 TV 볼륨을 확인하니 23이다.

"할머니, TV 소리 조금만 줄여 주시면 안 될까요?"
"으응, 그래. 이 뉴스만 보고 끌께."

어제오늘의 일도 아니고 잠깐 참으면 될 것을, 기어코 한마디 하는 나도 딱하다.

할머니가 보는 뉴스 프로는 다양하다. TV에 이렇게 많은 뉴스와 전 문가 대담이 있는지 할머니를 통해 알게 되었다. 할머니는 그 많은 프 로그램을 두루두루 챙겨 본다. 한 마디라도 놓칠세라 TV 볼륨을 계 속 높인다. 특히 한국을 둘러싼 동향이나, 다른 나라의 전쟁에 관한 보도가 나오면 할머니는 몸을 떨면서도 TV 앞을 떠나지 않는다. 누군가 옆에 있으면 말로 털어놓고, 혼자면 혼잣말로라도 중얼중얼한다.

"아이구, 세상에 저를 어쩌누. 이제 저 사람들 어떻게 사나."

뉴스 전후로는 홈쇼핑 채널을 순회한다. 아니 뉴스 아니면 홈쇼핑 채널을 틀어두신다.

"제가 이 상품을 사용한 지 벌써 3개월이 넘었어요."

홈쇼핑 채널은 대개 금속 기계에 칼이 갈리는 소리처럼 진행자의 목소리가 날카롭고 높다. 여러 사람이 우르르 나와 제대로 알아듣기 힘들게 벅적거리기도 한다. 허리가 불편한 할머니는 홈쇼핑 채널에서 본 자석 허리 벨트를 사달라고 내게 부탁했다. 내가 주문은 해 드렸지만, 입금은 엄마 카드로 했다. 할머니는 사람들이 많이 본다는 드라마에는 오히려 관심이 없다.

화장실을 사이에 두고 마주한 할머니 방에서 나는 소리는 거실을 넘어 내 고막을 자극한다. 내가 TV를 안 보는 가장 큰 이유가 그런 목소리를 듣기 괴로워서다. 물론 정확한 발음과 안정된 톤으로 진행자의 딕션이 좋은 경우가 많다. 하지만 유독 쇳소리 같은 목소리가 다반사다. 내용을 파악하기도 전에 듣고 싶은 생각이 뿌리부터 싹둑 잘려 나간다. 그런 종류의 목소리에 대한 나의 인내는 1분 미만이다. 높고 카랑한 목소리, 언제부터 미디어에서 많은 사람의 발성이 저렇게 변한 것일까?

높은 톤만의 문제가 아니다. "후룩 후루룩~ 하아~" 멋진 외모의 사람이 요란스레 면발을 흡입하고 국물을 홀홀 마시며 맛있다고 국수 광고를 한다. 고운 얼굴의 여성이 양 볼이 볼록해져 쩝쩝 소리를 내며 음식 맛을 칭찬한다. 물건을 사라는 목소리는 얼마나 또 귀를 찌르는가. 과도한 존대의 사용과 잘못된 언어 사용도 귀에 거슬린다. 온갖 소음으로 돌아가는 도심의 현실도 부족해 TV에까지 소음이 넘친다. 공공장소에서 목청 큰 대화 소리를 듣거나, 음식점에서 다른 사람의 먹는 소리에 시달릴 때 그 책임을 TV에게 일정 부분 물고 싶어진다. 그러나 예민한 사람으로 몰아붙일 게 분명하므로 속내를 드러내지 못하고 견딘다.

할머니에게 짜증을 참는 목소리로 말하고 나니 미안했다. 변명 겸 TV 시청에 대한 뜻을 에둘러서 전했다.

"할머니, 이제 좋은 소식만 듣고, 좋은 것만 봐요. 종일 뉴스 봐 봤자 할머니 정신건강에 좋을 것 하나도 없어요."
"정말 들어서 좋은 소식이 하나도 없구나. 그래도 세상 돌아가는 거는 조금 알아야지. 암것도 모르고 앉아 있으면 어쩌냐."

할머니가 말을 덧붙였다.

할머니는 전쟁 관련 프로를 군이 챙겨보며 수십 년 전 당신 삶에 패인 전쟁의 흉터를 자꾸 들여다보았다. 흉터 확인인지 상처의 여전한 치유 과정인지 모호하다. 그것이 무엇이든 사춘기 소녀로 참혹한 전쟁을 직접 겪은 할머니에게 내가 무슨 입방정을 늘어놓을 수 있겠는가.

"에이, 할머니. 저런 뉴스는 보지 마요. 편하게 볼 수 있는 프로들 봐요."

여행 등 다른 채널을 찾아 드리고, 할머니 옆에 잠시 앉았다가 방으로 돌아왔다.

할머니는 일제 강점기 1936년에 태어나 9살에 해방을 맞았다. 하지만 14살이 되던 해에 한국전쟁이 일어났고, 포탄에 오빠 둘과 아버지를 잃었다. 삶도 풍비박산되었다. 전쟁 당시 할머니는 서울 효자동에서 아버지, 어머니, 그리고 세 오빠와 함께 여섯 식구로 살고 있었다. 한국전쟁이 일어난 그날은 일요일이었는데, 아침에 일어나니 이미 북한군이 서울 거리를 오가고 있었단다. 회색 벽돌담에 매달려 깨금발로 밖을 두리번거리던 할머니에게 둘째 오빠가 문을 열고나오며 말했다고 했다.

"성희야, 걱정하지 마라, 별일 없을 거야! 나 친구한테 다녀오마."

그게 할머니가 본 오빠의 마지막 모습이었다고 한다.

"그때 길 가던 청년들을 마구 잡아갔는데, 작은 오빠도 거기에 붙잡힌 거지. 백방으로 수소문을 했는데 총 쏘는 거 몇 번 가르쳐서 전선에 투입했다는 말을 들었어."

할머니는 집을 나서던 오빠의 마지막 모습이 아직도 기억에 선명하다고 했다. 더 자세한 내용은 차마 묻지 못했다. 둘째 오빠의 모습을 회상하는 할머니의 그렁그렁한 눈동자에 내가 본 일도 없는 청년의 모습이 너울댄다. 14살 소녀이던 할머니는 얼굴에 검댕이 칠을 하고 피난길에 올랐다.

"나는 큰오빠 옷으로 갈아입고 어딘지도 모르는 길을 인파에 밀리고 밀리며, 빈집 담벼락에 숨기도 하며 피난길에 올랐었어. 어찌나 포탄이 쏟아지는지 걸을 수가 없어 어느 처마 밑인가에 잠시 웅크리고 숨어있었단다."

할머니는 순간 뺨에서 뜨거운 기운이 느껴졌는데 포탄 파편이 할머니 얼굴을 스쳤다고 했다. 하지만 바로 옆에 웅크리고 있던 셋째 오빠는 그 자리에서 사망했다고 했다. 그러고도 아버지를 또 잃었다. 장례조차 치를 수 없던 참혹한 시절, 결국 전쟁 전 여섯 식구는 다 부서진 집에 가장과 아들을 모두 잃고 모녀만 남아 돌아왔다.

할머니는 평생 그 트라우마에 시달렸다. 요즘이야 심리치료다 뭐다 마음의 상처나 병에 대한 관심이 높지만, 생존 자체가 백척간두에 서 있었던 시절이었다. 사춘기 소녀가 입은 상흔을 치유한다는 개념조차 없이 할머니는 살아내었다. 전쟁에 대한 그 깊은 공포는 사춘기 소녀가 구순의 노인이 되었어도 여전한 극한의 공포로 남아있다. 어디 내 할머니만의 경우이랴. 이 지구 위에 끝없이 이어지는 전쟁과 테러에 휘말린 수많은 생명의 이야기다.

정전 협정이 맺어진 뒤 달랑 할머니와 증조 외할머니 모녀만이 서울 집으로 돌아왔다. 안방이던 방을 두 분이 사용하고, 다른 방 2개는 세를 놓아 생계에 보탰다.

"내 위로 오빠가 셋이었는데, 내가 갑자기 무남독녀 외딸이 되어 버렸어. 얼마나 기가 막힌 일이냐. 대가 끊어지고 집안의 제사를 모실

아들을 다 잃어버리고 말았다."

결국 할머니가 한창 사춘기일 때 큰댁 막내아들이 할머니 동생으로 입양되어 왔다. 할머니보다 세 살이 어렸는데, 할머니는 갑작스럽게 생긴 남동생이 어색했다고 고백했다.

"학교에서 돌아오니 코 밑이 벌써 시커먼 남자애가 방에 있는 거야. 그 알뜰한 네 증조 외할머니는 셋방까지 하나 줄여 걔한테 독방을 주었어. 우리는 별로 말도 나누지 않았고, 어색하고 불편했어."

그 할아버지를 나는 한 번도 만난 일이 없다. 할머니는 그 할아버지에 대해 더 이상 말해 주지 않았다.

부양 자식이 늘어난 증조 외할머니는 한복을 지어 생계를 꾸려 나갔다. 할머니는 붙박이처럼 방 한쪽에서 한복을 짓던 어머니의 모습이 정지화면으로 남아있다고 했다. 언제 밥을 먹고, 화장실을 갔는지 기억에 없을 정도로 정도로 뇌리에 박혀 있다고 했다.

"네 증조 외할머니는 명절이나 잔치 음식도 아주 잘했어. 그 시절은 다식, 강정, 약과 등을 집에서 직접 만들었어."

"증조 외할머니는 그런 음식을 어떻게 그렇게 잘하셨어요?"

"아 그야 집안에서 어릴 때부터 배웠지. 그런 대갓집 음식을 정갈하게 만들었단다."

솜씨 좋은 증조 외할머니는 집안의 명절이나 크고 작은 잔치에 요즘 출장요리사처럼 다니셨다고 한다. 그게 수입으로도 연결되었는지는 모르신다고 했다. 다만 잔치에서 돌아오면 가방에서 한 움큼 여러 한과를 할머니 손에 쥐여 주었다고 했다.

"어느 날은 큰어머니 댁에 갔다가 나 주려고 무슨 말라붙은 과일을 가져오셨어. 그게 나중에 보니 건포도였는데, 나는 그때 처음 먹어봤단다."

집안에서 전쟁 통에 잃은 가족에 관한 이야기는 한 번도 나오지 않았다고 했다. 애써 외면하지만 아물 수 없는 상처가 한 조각이라도 드러나면 다시 덧날 것을 알기에 선택할 수밖에 없던 침묵이거니 싶다.

할머니는 23살이 되던 해에 기와를 맞대고 살아온 이웃집 아들인 할아버지와 결혼해 아버지를 낳았다. 할아버지는 둘째를 가질 기회조차 주지 않고 아버지만을 남긴 채 일찍 돌아가셨다. 말 그대로 홀어머니에 외아들로 성장한 아버지는 할머니와 전혀 달랐다. 아버지는 뉴스도 휙 보고 말았고, 이념이나 정치에 관한 이야기 자체를 일체 거론하지 않았다. 어떤 영화든 전쟁을 다루면 보지 않았고, TV 프로그램이면 채널을 돌렸다. 아버지가 보는 TV프로는 늘 스포츠 중계였고, 가장 재밌게 말하는 주제는 어린 시절의 추억담이다.

"아버지 어릴 때만 해도 삼청동 개천에는 맑은 냇물이 흘렀다. 냇물에서 가재도 잡고 놀았는데 지금은 그 옛 물길이 사라졌지. 서로 모르던 아이들도 같이 물놀이하면 금방 친구가 되곤 했다."

"삼청동에 개천이 흘렀어요?"

"그럼. 제법 넓었다. 그 옆 삼청동 길은 포장되지 않은 골목길이었고, 맑은 개천을 따라 서민들의 오막살이 초가집이 늘어져 있었지."

"오, 만약 물길이 있다면 훨씬 낭만적인 길일 것 같은데요?"

"물길을 복원한다 어쩐다 소식만 들리지 진척은 없는 거 같더라."

TV 뉴스가 담아낸 세상사는 아니지만 할머니와 아버지는 그렇게 살아왔다. 할머니의 청춘과 아버지의 유년을 자리한 삼청동 길은 이제 각종 '맛집'이 즐비하고, 눈 구경의 즐거움을 안겨주는 다양한 상점이 들어선 거리로 변했다. 나도 대학 때 여자 친구 지유와 수제비며 스파게티, 그리고 차를 마시며 그 길을 쏘다녔다. 예전 모습을 상상할 수도 없기에 막연히 이 언저리가 아버지가 자란 곳이려니 싶었다. 한번은 비가 내리는 날 지유와 기와를 얹은 한옥의 툇마루에 앉아 약과와 함께 차를 마신 일이 있다. 한옥의 분위기를 즐기려는 손님이 몰려들어 방이나 대청마루에 앉는 기회를 얻지는 못했다.

"오빠, 우리도 언제 안방에 앉아 차 좀 마셔보자."

"그래. 집은 고즈넉한 한옥이지만, 여기는 언제나 사람이 많더라."

"잠시 앉아 즐기기는 좋지만, 생활은 참 불편했겠지?! 식사 준비나 샤워를 생각해 봐."

지유는 몸을 으스스 흔들며 한옥의 불편함을 표현했었다. 삼청동 길가에 경비가 삼엄해 보이는 국무총리 공관은 누군가에게 오욕으로 남은 자리이며, 그가 끝내 침묵으로 사라진 역사의 현장이기도 하다. 마지막까지 진술을 거부했음을 뉴스로 본 일이 있다. 아버지가 말한 삼청동 산길은 일명 김신조 사건으로 불리는 '1.21 사태' 이후 콘크리트가 덮인 군사작전 도로로 태어났다.

아버지는 대학입시에서 1차에서 낙방하고 그 당시 2차였던 대학을 나왔다. 대학을 졸업한 뒤 지금은 이름이 바뀌고 대기업이 된 회사에 입사해 한 계단 한 계단 올라갔다. 35살이 되어 집안 주선으로 맞선을 본 엄마와 3달 교제 뒤에 결혼했다. 할머니와 아버지는 세상 사람들이 말하기 좋아하는 '홀어머니에 외아들'이었다. 그런 집에 며느리로 들어온 엄마는 활달한 성격이었다. 할머니는 조용하고 선하지만 사람들이 임의롭게 대할 분은 아니었다. 아버지는 점잖고 속이 깊은 분이지만 살갑지는 않았다. 성인이 된 뒤에야 엄마가 비록 시원하고 명랑한 성격이어도 평생 할머니를 모시기 쉽지 않았으리라는 생각이 들었다. 더욱이 아버지는 얼마나 무심하고 표현이 없으신 분이신가.

엄마는 할머니에 대한 불편함을 직접 드러내지 않았다. 그렇다고 다정하게 말을 나누는 것을 본 기억도 없다. 집안에서 할머니가 말을 나눈 상대는 주로 나와 동생이었다. 할머니는 내게 마음에 담긴 말을 곧잘 하였고, 여동생의 어리광은 잘 받아주었다. 외며느리인 엄마의 입장은 어린 시절 우리에게는 보이지 않는 세상이었다. 대학을 졸업하고 사회생활을 해보니 내가 사춘기 무렵부터 엄마가 소리 없이 자신의 방식으로 집을 바꾸어 나갔음이 보였다. 엄마의 그 출발선은 할머니가 유달리 볼륨을 높이고 보는 TV 뉴스였다.

할머니가 당신 방이 아니라 주로 거실에서 TV 보시는 것을 엄마가 불편해했다.

"여보, 이제는 아이들이 공부에 집중해야 하니까 아무래도 어머니 방에 TV를 따로 넣어 드려야겠어요."

내가 고등학생이 되었을 때 들었던 대화의 전부였다. 그 며칠 뒤에 엄마는 할머니 방에 TV를 놓아드리고, 거실 TV를 없앴다. 할머니가 유달리 온갖 뉴스를 시청하는데 워낙 볼륨을 크게 하니 우리들 공부에 방해된다는 것이었다. 나와 동생의 성적이 온 가족의 지상과제와도 같은 시기에 할머니는 꼼짝없이 방에 갇혀 TV를 시청하는 처지가 되었다. TV를 방에서 보니 거실에 앉아 있기도 멀뚱했다. 할머니의 공간은 할머니의 작은방으로 축소되었다.

할머니와의 밥상도 분리되었다. 결정적 계기는 동생의 육식 거부였다. 엄마는 소화력이 약한 할머니를 생각해 평소 진한 국물의 사골국, 곰국 등을 상에 올렸고, 고기나 생선 반찬도 거르지 않았다. 그런데 동생 상숙이가 고기를 먹지도 않지만 냄새조차 싫다고 선언했다. 어릴 때부터 유달리 강아지를 좋아하던 사춘기 여동생의 결심이었다. 상숙이는 강아지를 방에서 끼고 살았고, 잠도 같이 잤다. 중학생이 된 뒤에는 인터넷으로 알았다며 밤마다 고양이 밥을 준다고 모자를 뒤집어쓰고 나갔다. 참다못해 아버지가 밤길이 위험하다며 동생 뒤를 따라다녔다. 비가 오면 비 맞는다고 걱정, 날이 추우면 춥다고 걱정했다. 동생에게 서울의 골목골목은 고양이들이 힘겹게 생존하는 척박한 곳으로 변했다. 어릴 때 동물원에서 본 동물의 모습이 잊히지 않는 마음 아픈 기억이라며 데려갔던 아버지에게 애꿏은 원망을 던졌다.

우리 집은 거의 매일 주방에서 풍기는 고기 냄새가 거실까지 가득했고, 동생 방은 향초 냄새로 진동하는 곳이었다. 동생은 방문을 닫고 들어앉아 있었고, 추운 겨울에도 자기 방 창문을 활짝 열어두었다. 동물에 대한 관심과 사랑을 점점 확대하던 동생은 급기야 풀, 곡식, 과일만 먹겠다고 선언한 것이다.

"사람들에게는 안심구이, 갈비찜, 스테이크, 차돌박이 구이 등일지 몰라도 나에게는 다 소야. 눈망울 선한 소 자체야. 돼지도 그렇고, 닭도 그래. 이제부터 안 먹어. 냄새도 싫어."

"그래도 영양을 생각해서 단백질과 지방을 섭취해야 하는데, 전혀 안 먹으면 어쩌려구."

"엄마, 평생 고기 안 먹고 건강하게 잘 사는 사람도 많아."

동생은 몸서리까지 쳐 보이며 단호하게 말했다. 냄새도 참을 수 없다고 하였다.

예민한 사춘기 여중생을 건들 수 없다며 엄마는 대책을 마련했다. 그 결과는 엉뚱하게 할머니 밥상을 따로 차려 드리는 것으로 이어졌다.

"여보, 가뜩이나 마르고 예민한 둘째가 고기반찬은 냄새는 물론이

고 쳐다보기도 싫다 해요. 상에 올라오면 비위 상해 밥을 못 먹겠다고
하네. 그러니 어떻게. 어머니 상을 따로 봐 드려야겠어요."

그 뒤 며칠 뒤부터 할머니는 방에서 혼자 식사하기 시작했다. 지내
는 공간이 방으로 축소되어 붙박이장처럼 된 노파가 집안에서 할 수
있는 일은 아무것도 없었다. 엄마는 일주일에 한두 번 정도 동생이 자
리를 함께하지 않을 때를 우리 상에 고기반찬을 올리는 시간으로 활
용하였다.
장남 아닌 장남의 특징인지 아버지는 책임감이 강하고 성실하지만
말이 적고 감정표현도 없었다. 할머니 공간이 방으로 축소된 뒤 엄마
는 할머니에게 아버지의 대변인이 되었다.

"아범이 오랜만에 바람 좀 쐬고 싶다고 해요. 저희 좀 다녀올게요."
"애들 아범이 오늘 모임이 있는데 부부 동반 자리라고 저에게 나오
라 했어요. 저 나갔다 올게요."
"아범이 애들 다 컸으니, 이제 저더러 운동도 하고 취미도 즐기래요."

그 말을 전하며 엄마는 골프채를 들고 사라지고, 외출에서 늦게 돌
아오기도 했다. 아버지는 일정 보고와 외출 인사를 엄마에게 위임한
채 멀뚱하게 엄마 뒤에 서 있기만 했다. 가뜩이나 몇 마디 나누지도
않던 아버지와 할머니의 대화는 아예 사라진 듯했다. 학교를 졸업하
고 집에 늦게야 들어오는 직장인이 된 나와 대학생인 동생도 할머니의
말벗이 되어 주지 못했다. 구순이 된 할머니는 점점 더 뒷방으로 들어

가 오그라드는 것 같다. 할머니 얼굴에는 검버섯이 잔뜩 피었다. 저승꽃이 피면 오래 산다는 말이 떠오른다. 노인의 흉해지는 모양새에 대한 위로의 말이지 싶다. 여기에서 더 오래 사는 게 할머니에게 과연 축복일까 하는 생각조차 들었다.

할머니는 예전과 달리 방문을 닫아 두는 일에 신경을 쓰는 것 같았다. 빠끔히 열려 있으면 엉금엉금 기듯이 다가와 소리가 나지 않게 가만히 닫았다. 살그머니 열고 들여다보면 나를 향한 할머니 눈이 반달 모양이 되어 치아가 조금 드러나는 미소를 보였다. 가끔 할머니는 나와 막내 삼촌을 혼동하였다.

"성운이 왔니?"

처음 그 말을 들었을 때, 나는 할머니 말을 바로 잡았었다.

"할머니 저 상현이예요. 할머니 큰손자요."
"오오, 그래 상현이구나. 밥은 먹었니?"

할머니가 잠시 착각했을 뿐인지, 인지능력이 저하된 것인지는 헷갈린다. 다만 돌아보면 모든 순간에 죄책감이 덧칠된다. 가끔 마주 앉아 밥이라도 먹을걸, TV 볼륨이 23이어도 옆에 앉아 있을걸….

퇴근길에 보니 닫힌 엘리베이터 문에 굵은 글씨로 쓰인 공고문이 붙어있다.

〈노후화된 승강기가 안전진단에 문제가 있어 승강기시설 안전관리법에 따라 운행을 중단합니다.〉

하필 우리 동 승강기도 안전검사 불합격 판정을 받았다. 걸어 올라가는데 9층에 닿기도 전에 5층부터 다리가 후들거렸다. 사안이 어떻게 진행될지 모르지만 당분간 할머니는 외출도 못 하게 되었다. 할머니의 삶은 이렇게 이어질 것이다. 사실 더 나빠지는 일만 남았다. 그 사실이 내 마음이 뭉클하게 만든다. 할머니가 애당초 TV 뉴스에 관심을 갖지 않으셨다면, 그나마 여전히 거실 소파에 앉아 계셨을까?

# 요즘 것들

'어우, 요즘 사람들 진짜!'

말 해봤자 전개될 상황이 뻔하므로 입술만 질끈 물고 말을 삼켰다. 하지만 아이들에게 시선을 거두지 않은 채 장승처럼 서 있었다. 내 눈길이 곱지는 않았을 것이다. 한 걸음 옆에서 휴대폰 화면에 집중하던 엄마가 흠칫 고개를 들어 나와 아이들을 번갈아 봤다. 내가 부탁하는 목소리를 분명히 들었음이다. 귀는 열려 있으니 제발 들어주기를 바라는 마음에 의도적으로 낮은 어조였지만 조금 크게 말했다.

"얘들아, 전시물은 눈으로만 감상할까?"

내가 목소리를 내자 그제야 시선을 휴대폰에서 거둔 엄마는 0.1초간 나에게 불쾌한 시선을 던졌다. 내게는 반응을 보이지 않은 채 볼멘 목소리로 아이들에게 소리쳤다.

"그러니까 엄마가 만지지 말랬잖아! 얼른 저 밑에 설명문이나 베끼던지 찍던지 해!"

나를 향한 불쾌감의 표출이다. 순간 어디서 왔는지 아이들 아빠가 나를 위아래로 힐긋 훑어보았다. 여자아이에게 다가가 오른팔을 뻗쳐 아이 어깨에 커다란 손을 얹고 돌아섰다. 나 들으란 듯이 큰 소리로 한마디 한다.

"쟤 모라냐?"

아… 어찌합니까. 어떻게 해야 하나요. 나도 한 마디 던지고 싶어 입술이 움찔거린다. '어우 요즘 사람들 진짜 싸가지!' 정도.

오누이인 아이들은 초등학교 저학년으로 보였다. 사실 거의 모든 아이들은 당연히 전시물을 만져보고 싶어 한다. 호기심 왕성한 아이들에게 전시물은 갖고 놀고 싶은 장난감과도 같다. 그러니 가로막힌 유리장이 오죽이나 답답할까 싶다. 아이들은 계속 팔을 뻗쳐 전시물을 만지려는 행동을 반복했다. 낮은 가림막이 설치되어 있을 뿐 열린 공간에 전시된 나무 쟁기를 손을 뻗쳐 만졌다. 사실 전시관에 들어온 내 내 아이들은 유리 전시장을 두드리고 만지며 돌아보고 있었다. 어지간하면 그냥 넘기려 했는데, 엄마가 너무 무심했다.

"야! 나 이런 거 알아. 〈하베스트 문〉 게임에서 농사짓는 거 해봤어."
"그거는 이런 농사 아냐. 그거는 커다란 농장이잖아." 여동생이 맞받아치며 말했다.
"그러면 나도 농사 해봤어, 〈동물의 숲〉에도 씨앗 뿌리고 제철에 재배하는 거 나와. 그것도 농사 체험이야. 오빠 그건 안 해봤지!"
"야, '너굴'이 나오는 그건 너네들이나 좋아하는 게임이야!"

터울이 크지 않아 보이는 남매는 서로 지지 않으려 했다.

"야! 야! 이거 봐. 옛날이야기 책에서 본 오줌싸개에게 씌웠던 키야.
옛날 같았으면 너는 맨날 이거 쓰고 돌아다녀야 했다. 너가 침대에 오
줌 싼 거 내가 다 봤지롱."

깔깔대는 오빠를 여동생이 발로 차며 한 마디도 지지 않는다.

"오빠도 싼 거 다 알아. 나만 쌌냐!"

부산한 아이들과 달리 엄마는 내내 휴대폰에 시선을 묶어둔 채 건
성건성 발걸음을 옮겨갔다. 엄마가 아이들에게 주의라도 주기를 고대
하며 지켜봤지만, 나의 안달로만 이어졌다. 고만고만한 남매가 서로
놀리고, 화내며 툭탁거림을 어찌 통제하기 쉬우랴. 하지만 전시물을
만지는 것은 다른 문제이다. 최대한 조심스럽게 휴대폰을 보는 아이
엄마에게 다가갔다.

"어머니, 옆에 위치한 농경문화 체험관에 가시면 절구 등 다양한 과
거의 물건을 아이들이 직접 체험할 수 있어요. 아이들은 야외학습장
도 좋아하고요, 3D 입체 상영관도 있어요. 다만 여기 전시물을 만지
지는 않게 해 주세요."

가끔 그런 말이 나오고야 만 상황이 벌어진다. 대개는 그다음이 더

어려웠다. 민망하기도 하고, 체면과 자존심이 상했기 때문이기도 할 것이다. 지금의 경우처럼 부모들은 아이를 야단치며 발길을 옮기기 일쑤였다. 전시물을 보호했으니 내 임무는 수행했다. 밝지 않은 조명 아래 스쳐 지나간 인연이므로 서로의 인상착의가 선명하지 않음이 다행이라면 다행이다.

한 무리의 중학생들이 떠들썩하게 몰려 들어왔다. 전시물에는 관심이 없는 듯 해설문만 휴대폰 카메라로 찍거나 베껴 쓴다. 관람보다 숙제하러 옴이다.

"여러분, 이곳은 전시물과 여러분의 상상력을 통해 일반 백성의 평범한 일상생활로 들어가 볼 수 있는 곳이에요."

서너 명은 고개를 돌려 나를 바라봤고, 다른 아이들은 휴대폰을 손에 든 채 서로 쿡쿡 지르며 장난을 친다. 어서 다른 곳으로 가 놀고 싶은 마음이 클 나이임을 이해한다.

"먼 옛날 내가 모르는 조상이 남긴 흔적만이 아니라 할아버지, 할머니가 '지금 내 나이에 이렇게 살았구나' 상상하는 시간을 가져 보기로 해요. 저 전시물에 가상으로 할아버지, 할머니의 모습을 넣어 보면 어떨까요? 타임머신 타고 같이 가는 거예요. 시간을 넘나드는 내용은 영화와 드라마 등 각종 창작물의 인기 소재잖아요."

타임머신이라는 말에 아이들은 다시 한바탕 왁자지껄해졌다.

서울에서 5시간이 넘어 걸리는 이곳 영암은 남편의 고향이다. 박물관이 국민관광지에 자리하고 있어 목포는 물론 다른 지역에서 관광객이 제법 방문했다. 남편을 만나기 전 나에게 영암은 눈망울이 큰 유명 여가수의 '영암 아리랑'으로만 들어본 지역이었다. "월출산 천황봉에~"라는 소절은 알지만 정확한 위치도 몰랐고, 지역 정보도 어두웠다. 명절이나 행사가 있을 때 남편과 함께 여러 번 영암을 오갔다. 하지만 중간중간 휴게소에 들를 때 잠시 잠을 깼을 뿐, 내내 조수석에서 졸다 보면 시댁에 도착해 있었다. 일하고, 먹고, 자고, 치우다 다시 남편 차에 올라 같은 여정을 밟아 서울 톨게이트에 들어서면서 기지개를 켰다. 그러니 나의 여정은 영암이 아니라 딱 시댁만 가봤다고 해야 옳다.

할아버지에게 배워 5살에 천자문을 떼었다는 남편은 그 신동 소리에 자부심 가득한 유년을 영암에서 보냈다. 유학(儒學)과 중국 문학 사이에서 갈등하다 중국 문학을 택했고, 박사학위를 받았다. 몇 개 대학을 오가며 교양과목 시간강사로 5년을 전전했다. 그가 시간 강의를 나오는 대학에 나는 박물관 학예사로 근무하고 있었다. 박물관 규모는 작았지만 소장품이 이 천여 점이라 상설전시관의 전시물을 교체할 때면 며칠 동안 손이 부르트곤 했다. 박물관 홈페이지를 통한 가상박물관도 운영하는 동시에 박물관 콘텐츠 사업안도 구상하느라 관람객도 별로 없는 대학 박물관에서 나는 제법 분주했다.

더 많은 사람들에게 소장 유물을 알리고 관람을 유도하기 위한 목적으로 "옛사람과 함께 걷는 길"이라는 주제로 소장한 조선시대 고서화에 대한 외부 인사 초청 강연이 있던 날이었다.

"아, 강의를 여러 학기 나왔었는데, 여기 박물관이 있는지 몰랐습니다."

매끈한 사각의 크로스백을 메고 밤색 로퍼를 신은 남자가 강연장 입구에 서 있던 내게 다가와 말을 걸었다. 수업을 마치고 교직원 식당에 갔다가 벽에 붙은 강연 포스터를 보고 찾아왔다고 했다.

"여기 박물관이 있는지도 모르고 졸업하는 학생도 있어요. 와 주셔서 감사합니다."

청색 계통 콤비 재킷과 밝은 하늘색의 옥스퍼드 셔츠가 대학원생처럼 보였다. 그 아래 짙은 회색빛 바지는 데님이었다. 자신의 전공을 중국 문학이라 소개하는데, 차림새와 맞아떨어지지 않는 그 공간에 내 호기심이 확 들어앉았다. 그날 이후 강의만 나오면 전시실은 6층에 있는데, 5층 사무실로 두 손에 커피를 들고 찾아왔다. 그리고 일 년 뒤 우리는 결혼했다.

결혼한 뒤에도 그는 여전히 시간강사였고, 나도 계속 학예사였다. 가장으로 불안정한 경제력에 다소 의기소침하던 남편은 마침 영암에 있는 대학의 중국학과에 취직했다.

"사실 서울은 물론 다른 곳에 취직은 기대하기 어려워. 어렵지만 영암에 내려가자. 나는 절대로 가족은 함께 살아야 한다는 주의야."

조심스러운 설득이었지만, 수긍되는 현실이었다.

"나중에 선우 중학교 갈 때 당신은 목포 시내로 나갈 수도 있으니 일단은 내려가 보자."

"당신 의견에 동의하지만 영암은 그동안 내 삶의 모든 것이 있는 서울과 멀고 먼 지역이라 용기가 필요하네. 모든 면에서 낯선 곳이라서…"

이도 저도 걸림돌이 있는 상황이지만, 무엇보다 아이가 어린데 남편과 떨어져 살 수 없었다. 시댁 일가가 자리 잡고 있는 지역이고, 초중고 학교도 가까이 있어 일단 살아보기로 결정했다.

"선우가 어리니 같이 내려갈게. 하지만 내 직장을 알아봐야 하는 문제도 있고, 시댁과 일가친척으로 인해 불편해지는 일은 없도록 알아서 좀 배려해 줬으면 해."

그의 말처럼 취직은 실력을 지나 노력을 넘어 '운'이라는 결정타가 있어야 했다. 남편이 지원서를 내고 서류전형에 이어 시범 강의를 하고, 드디어 면접을 통과하여 행로가 정해지는 시간 동안 나 역시 눈이 빨개지도록 내 길을 조사했다. 3급 정학예사 지원 요건은 이미 확보했고, 내년이면 2급 정학예사에 지원할 자격도 된다. 하지만 어디까지나 지원 자격일 뿐, 국립박물관 취직은 하늘의 별 따기였다. 공립이건 사립이건 지방 박물관은 간헐적으로 채용공고가 보였다. 그 기회를 기다리기도, 잡기도 어려웠다. 틈만 나면 삶의 터전이 될지도 모를 '영암'을 중심으로 매일 '웹 서핑'을 했다.

"이거 봐 이거 봐. 지도로 지리와 지명을 익히고 스트릿 뷰를 구경하는 게 쏠쏠 재밌다. 난 고대에 묻혀 사는데, 요즘 세상은 이리 재밌네."
"그래, 부모님 집 중심으로 영암 지리를 잘 익혀봐. 당신이 그렇게 나오니 고맙네."

　화면을 거듭 확대해 손바닥 들여다보듯 영암 거리를 돌아다니며 지
도에 표시된 유적지와 관광지를 비롯해 온갖 기관을 구경하고 홈페이
지가 있으면 방문했다.

　그 알고리즘을 타고 영암의 공립박물관 학예사 채용공고가 올라왔
다. 정말 눈이 번쩍 뜨였다. 컴퓨터 화면 속으로 내 두 눈이 뚫고 들어
갈 지경이었다.

"당신이 부임할 학교에서 30분 거리에 있는 박물관에 학예사 채용공고가 났어! 지원해 볼까 봐."

컴퓨터 화면에 모집 공고를 띄워놓고 남편 코밑에 들이밀며 흥분해 외쳤다.

"그래? 잘됐네! 지원해 봐. 집안 어르신들이 고향에서 한자리들 하시니… 당신은 학예사가 그렇게 재밌어? 계속 하고 싶은 거지?"
"나는 전공도 한국미술사였으니 그걸 살리고 싶어. 선사시대 돌도끼에도 흥미를 느껴."
"돌무더기는 다 거기에서 거기 같던데?"
"무슨 소리야. 돌도끼에 공자님이 말한 지천명이 숨어 있다구."
"그래, 그 열정으로 하는 데까지는 해 봐. 내가 방해는 안 할 테니."
"그렇게 해 볼게. 나는 역사에 남은 사람의 자취에 흥미를 느껴. 사람들이 먹고, 마시고, 입은 흔적을 통해 살아 움직이던 생명을 만나는 게 재밌어. 학예사로 문화 교실이나 체험학습 기획도 성취감이 있어. 내가 그런 거 잘 기획한다구."

나는 정말 그랬다. 옛사람들이 사용한 물건을 바라보노라면 햇볕에 그을린 농부가 논에서 농사를 짓고, 꼿꼿한 선비가 사랑채에 앉아 글을 쓰고, 주막에서 거나하게 술을 마시며 너스레 떠는 식객도 그려졌다. 나와 같은 성정을 지닌 옛사람들을 만남은 전율이었다. 우물가 여인들과 마주 앉아 한참 동안 이야기를 나누고 싶어질 정도였다. 어떤 언어인지 모를 내 상상의 언어로 그녀들이 나누는 말이 들리는 것 같았다.

"그럼 지원서를 꼼꼼하게 잘 작성해 제출해 봐. 마침 잘됐네."

지원서를 제출하고 보름여 만에 서류전형에 합격했다는 통보를 받았다. 면접을 위해 남편과 영암으로 내려갔다. 1명을 뽑는 자리였고, 질문은 10개 이상 쏟아졌다. 무난히 면접을 통과했고 결국 합격했다. 다른 지원자 여부를 알 수 없지만, 지역 터줏대감으로 문화계에서 활동하는 집 어르신의 입김이 내 손에 열매를 쥐어 주었지 싶다.

돌잡이 맏손자를 안고 아들 며느리가 취업해서 내려오니 시부모님은 좋아서 어쩔 줄 몰라 했다. 같은 아파트 단지에 살며 시댁과 긴밀히 얽히는 K-며느리의 일상이 시작되었다. 불편하지 않을 리 없다. 할 말을 꿀꺽 삼키고, 이 귀로 들은 말 저 귀로 흘리자며 씩씩대는 호흡을 누그러트리고 출근길에 오른 날이 어디 하루 이틀이랴. 하지만 전혀 다른 세상을 살아온 다른 사람들이 법으로 만났으니 일어날 수밖에 없는 당연한 충돌과 괴리였다. 그 소소한 갈등이 괜찮다는 의미는 아니다. 다만 시댁 어른은 나와 다른 사람이었지 내 기준으로 잘못된 사람은 아니었다. 내 입장에서 아이 양육을 전적으로 도와주시는 분들이니 속에서 나오는 말은 적당히 삼켜야 했다. 어찌 나만 삼키고 있으랴.

나는 일과 육아라는 두 마리 토끼가 아니라 온갖 방향으로 뛰는 여러 토끼 사이를 매일 뛰어다녔다. 절대로 잡을 수 없는 다른 방향으로 뛰는 여러 마리의 토끼 사이에서 콩 튀듯 팥 튀듯 했다. 영암에 내려온 초기만 해도 남편은 출퇴근 거리가 1시간도 더 걸린다며 힘들어했다. 점점 골프에 더 열심인 사람이 되더니 그 불평이 사라졌다. 그래도 자기 나름으로는 여러 마리 토끼 잡기에 나선 아내의 동업자로 최대한의 성의를 보였다. 나는 아침마다 유모차에 선우를 앉히고 이유식 가방과 내 도시락 주머니까지 매달고 시부모님 아파트로 달려갔다. 우리가 거주하는 201동에서 시부모님이 사는 203동까지의 거리가 아침에는 유독 길었다. 등에 땀이 축축하게 느껴질 때 벨을 누르면 시어머니가 나와 아들 선우를 덥석 안아 올렸다.

"오메, 우리 제사 모셔줄 강아지 왔능가~"

그 일은 나는 물론 당신들의 결정과 선택으로 이뤄질 사안이 아니므로 토를 달 필요가 없다.

"뒷꼭지며 멀크락까정 지 애비 꼭 닮은 거 봐라. 애그 니는 걱정 말고, 댕겨오니라."

돌아서는 나를 향해 한마디가 더 이어졌다.

"아고, 느그 엄마는 살림 밑천 딸도 있어야 하는디 으쩐다냐."

나는 속내를 꼭꼭 감췄다. 아니 나부터 흔들리지 않으려 마음을 다잡았다.

'정말 한 명으로 끝이다…'

시아버지는 6남매의 장자였고, 남편은 3남매의 맏이다. 아직 정정한 시할머니 휘하 일군의 가족 가운데 누군가 나에게 둘째를 보라는 압력을 줄까 봐 사실 조마조마하다. 그나마 아들 선우가 유달리 친탁을 많이 해 일단은 마음이 놓인다. 시부모님의 카톡 프로필 사진은 매일 새로운 선우 사진으로 바뀌었다. 성장하는 아이의 변화가 그 사진만 모으면 한눈에 드러날 정도다. 시어머니는 남편이 초등학교 다닐 때 학교에 가보면 운동장을 꽉 채운 아이들 가운데 당신 아들 꼭뒤가 제일 잘생겼더라고 했다. 그 꼭뒤를 그대로 닮았다며 굵은 알반지를 낀 투덕투덕한 손으로 아들 선우를 쓰다듬는다. 시아버지는 친구들이 모인 자리에서 누구라도 손자 자랑을 하려 하면 강한 제재가 들어온다고 했다.

"아따, 모이면 다덜 손주 자랑 징하다 잉. 할라믄 돈 내고 하라 해. 안 그면 다덜 허벌나게 해 븐다."

하지만 시아버지 역시 돈을 내놓고라도 자랑하고 싶다고 했다. 결국 벌금이야 어찌 되든 저마다 손주 자랑을 늘어놓기 일쑤라고 했다. 그 나이 때의 그만그만한 성장 과정일 뿐인데, 말 한마디 할 때마다 저런 말도 할 줄 안다며 '신동 2세'로 간주했다. 나와 남편이 분주한 만큼 아이의 시간을 할아버지, 할머니가 채워주었다. 그 손길이 아니면 남편과 내가 아무리 뛰어다녀도 육아라는 토끼는 잡기 어려웠다.

그런데 갈수록 시아버지의 과도한 물품 공세가 마음에 걸리기 시작했다.

"여보, 아버님이 어린이용품에 대한 정보가 없으시니까 무조건 목포까지 건너가서 선우 것을 사 오셔."

"그러게 말이야. 좋아서 그러시는 거를 막을 수도 없고."

"선우 나이에 해당하는 사이즈의 옷과 신발, 모자 등을 자주 사 오는데, 한두 번 착용하면 금방 작아지니 난감해."

"슬쩍 선우가 쑥쑥 자라서 금방 작아졌다고 말해 봐."

"그 말은 새것을 또 사달라는 것 같아서 못 하겠어."

"동화책이나 장난감을 유도해 봐. 그건 괜찮잖아?"

"장난감도 남자아이라고 매번 새로 출시된 합체 로봇을 사 오셔. 근데 선우는 로봇 잘 안 가지고 놀아. 레고하고 미니 자동차만 좋아해."

"그러게. 어쩌냐. 아버님 마음은 백번 이해하지만…"

남편은 어쩔 수 없다는 듯 말만 머뭇거렸다. 나는 시아버지의 과도할 뿐만 아니라 효용이 떨어지는 금전 지출이 갈수록 부담스러웠다. 이 문제를 어떻게 처리해야 하나 난감했다.

생각해 낸 묘책이 특정 물건을 사달라고 선우가 직접 할아버지에게 말하게 하는 것이었다. 새로 출시된 레고 제품을 비롯해 적당한 가격의 물건이 생기면 할아버지에게 그것을 사달라고 말하게 할 요량이었다. 아동 매장을 무조건 둘러보다 사 오는 할아버지에게도 그 방법이 차라리 나을 듯싶었다. 때마침 장마에 오이 크듯 어찌 그리 발도 빨리

크는지 새 운동화가 필요했다. 바로 얼마 전에 135mm를 신었는데, 어느새 작아졌다. 코끝과 뒤축이 아직 깨끗한 새 운동화인데, 선우는 신을 때마다 발가락이 아프다고 했다.

203동 시댁 엘리베이터 앞에 불에 그슬린 옥수수 수염처럼 푸석한 염색 머리를 한 70대 초반 정도의 아주머니가 서 있었다. 엘리베이터에서 동승한 사람에게 먼저 눈인사를 건네다 무표정에 당황했던 경험이 여러 번 있어 슬그머니 시선을 외면했다. 그보다 선우에게 마지막 주입교육을 실행해야 했다. 엘리베이터에 오르자 3살짜리 선우에게 두 번 세 번 일렀다.

"선우야. 할아버지가 뭐 사줄까 물으시면 운동화 딱 하나만 사달라고 해야 해. 다른 거는 필요한 거 없다고 말씀드려야 해. 알았지!"

운동화에 방점을 찍으며 말했고, 선우는 말똥말똥한 눈망울로 고개만 끄덕였다. 갑자기 아주머니가 나를 향해 버럭 목소리를 높였다.

"워메야, 요즘 것들 진짜 못돼 부렸다! 메느리가 시부모에게 용돈을 드려야재, 어디 어린 아들을 앞세워 뜯어내려고 세뇌를 시켜! 뉘 집 메눌인지 아따마, 징하다잉, 징혀!"

그 아주머니는 성난 표정으로 격한 목소리를 내며 나와 선우를 번갈아 보면서 혀를 찼다. 선우가 놀라 내 뒤로 숨어들었다. 그 아주머니에게 나는 시부모에게 애를 앞세워 뜯어내는 못된 며느리가 되어 버렸다. 기승전결을 설명할 수도 없어 입술만 질끈 물고 안으로 말을 삼켰다. 아주머니는 아래위로 나에게 흘긴 눈을 보내고 먼저 내리면서 한마디 더 던졌다.

"하튼 요즘 사람들 싸가지하고는…"

아주머니의 호통에 잔뜩 주눅이 든 선우와 '어버버…' 하는 나를 두고 엘리베이터 문이 철컥 닫혔다.

# 삼디다스

"이 신발이 전부 당신 거야?"

손바닥에 붉은 페인트가 칠해진 목장갑을 끼고 플라스틱 흰색 끈을 손에 든 남편이 흔들리는 눈동자로 묻는다. 안경테 너머 미간의 세 줄 주름이 더 도드라져 보인다. 현관 입구에 자리한 4개의 신발장 문이 모두 활짝 열려있다.

"으응. 아이보리, 검정, 브라운 등 색깔이 다르고 힐, 플랫, 펌프스 등 구두 굽 종류도 달라. 또 계절별로 서너 개씩 있으니 좀 많아졌네. 요즘은 또 운동화도 두어 개 있잖아."

머쓱한 표정을 지으며 땀으로 이마가 살짝 번들한 남편에게 궁색하게 변명했다.

"이게 다 현재 신는 신발이라는 거지? 알았어. 일단 상자에 싸기는 싸는데, 정리도 좀 해라."
"내가 할게."

슬쩍 미안한 마음이 들어 주방 그릇 정리를 잠시 접어두고 신발장

을 정리했다. 4개가 나온 〈신발〉이라고 써진 이사 박스에서 남편 신
발은 신사화 2개, 등산화와 운동화, 이렇게 단 4켤레였다. 참새한테 방
앗간이 있고 쥐에게 풀 방구리가 있다면, 나에게는 신발 가게가 있었
다. 들락날락한 발걸음의 결과로 내 신발만 박스로 몇 개가 나왔다.
뒷굽이 7~9cm 되는 힐을 즐겨 신는 나의 키는 슬쩍 억울한 158cm이
다. 누가 물으면 160cm라고 말한다. 남자는 169cm가 억울할까?
179cm가 억울할까. 모르지만 그들도 누군가 키를 물으면 하나 올려
170cm 또는 180cm라고 답하지 않을까. 학창 시절에는 반에서 중간
정도의 키였는데, 사회에 나오니 그사이 남들만 더 자랐는지 앞으로
몇 줄 옮겨간 느낌이다. 습도 높은 여름날에 후끈한 지열이 느껴질 때
면 옆에 선 사람에게 자조적 농담처럼 묻기도 한다.

"그 위에 공기는 어때?"

사실 늘 '키가 조금만 더 컸더라면!'이라는 아쉬움이 있었다. 살면서
발가락에 한껏 힘을 주어 까치발을 해야 할 경우가 너무 많았다. 지하
철이 만원이면 사람들 가운데 폭 박혀 질식할 것 같았다. 발을 곧추세
우고 손을 최대한 뻗어 싱크대 상단에 놓인 그릇을 잡으려다 깨뜨린
일도 다반사다. 계단식 공연장이 아니라 체육관에 플라스틱 의자를
놓고 진행되는 콘서트도 난감했다. 어떤 공연에서는 아무리 목을 한
껏 늘이고 까치발을 해도 내 시선이 앞 열에 낙랑장송처럼 버티고 선
사람들의 등을 넘어설 수 없었다. 키를 늘릴 수 없으니, 굽 높은 신발
을 신기로 결심했다. 한참 모양내던 20대에도 신어본 일 없는 힐을 30

대에 들어 뒤늦게야 신기 시작했다. 굽 높이가 점점 올라갔다. 물론 발이 편하지는 않다.

　SNS에서 어떤 젊은 여성이 토로한 말이 생각난다. 데이트에 한껏 멋을 내고 하이힐을 신고 나갔는데, 마침 남자친구가 놀이공원으로 행선을 잡았다 한다. 그 여성은 웃으면서 말했다.

'집에 돌아올 무렵은 완전 오빠 등에 업혀 왔어요.'

　힘들었음을 우스갯소리로 했는지, 실화인지는 알 수 없다. 나도 하이힐을 신고 나갔다가 예상에 없던 행선지를 가는 바람에 많이 걸었던 날이 있다. 그것도 9cm 힐을 새로 사서 신은 첫날이었다. 참다못해 두 시간 만에 지하상가의 신발가게에서 일명 국민 슬리퍼인 '삼디다스' 슬리퍼를 사서 바꿔 신었다.

　그 뒤로 슬리퍼는 학원에 근무하는 동안 종종걸음으로 오가는 내 발을 지켜주었다. 차갑고 도도한 느낌의 하이힐과 달리 펑퍼짐한 슬리퍼는 얼마나 따뜻하고 편안한지 모른다. 내가 근무하는 플라워 숍의 사무실은 지하 1층인데, 다양한 콘셉트의 작품을 전시한 쇼룸은 1층에 있다. 수시로 계단을 오르내리며 일을 보는 게 다반사이다. 내가 도맡아 진행하는 화훼 디자인 수업도 내내 서 있어야 한다. 종일 바삐 오가는 일과에 삼디다스 슬리퍼는 내 발을 지켜주었다.

　삼디다스 슬리퍼를 볼 때마다, 겨울날 차가웠던 시어머니의 그 슬리퍼가 생각난다. 나의 결혼식에서 연하늘색 한복을 입은 시어머니를 본 친구들이 한마디씩 했었다,

"야아, 너 둘째 며느리이길 다행이다. 네 시어머니 눈빛이 보통 깐깐해 보이지 않는다."

시어머니는 똑 부러진 성품에 야무진 살림꾼이었다. 그런 시어머니가 삼디다스 슬리퍼 차림으로 멍하니 경찰서에 앉아 있었다. 차가운 맨발에 슬리퍼 차림의 그 모습. 본인에 대한 정체성이 가물가물했던 그 표정. 푸르스름해진 노인의 발등과 대조되어 슬리퍼를 가로지른 순결한 그 흰색 선. 단걸음에 달려가 미처 숨을 추스르기도 전에 한눈에 들어온 그 장면은 그간 내가 알던 시어머니 모습을 모두 지워 버렸다.

오후 4시경 수업을 마치고 정리하는데 휴대폰이 울렸다. 발신자가 시어머니였다.

"한성희 씨 되십니까?"

느닷없는 목소리에 깜짝 놀랐다. 처음 들어보는 남자 목소리였다.

"네. 제가 한성희입니다. 전화 거신 분은 누구신가요?"

불행한 예감은 빗나가지 않는다는 말이 생겨남은 많은 사람의 경험담이기 때문인가 보다. 다그치듯 강한 어조에 퍼뜩 든 불길한 예감이 현실로 다가왔다.

"여기 서울 서초경찰서 서초파출소입니다. 김경자 씨가 시어머니 시죠?"

"파출소요? 저… 저희 시어머니 성함이 맞는데, 무슨 일이신가요?"

경찰이 왜 어머니 전화로 내게 전화를 했을까 하는 의문과, 경찰로부터 어머니 이름을 듣게 된 불길한 느낌이 뒤섞이며 심장이 뛰었다.

"어머니가 옷도 제대로 안 입고 맨발에 슬리퍼 차림으로 길에서 헤매고 계셔서 파출소로 모셔 왔습니다. 휴대폰 연락처가 모두 이름으로만 되어있어 자제분 확인이 어려웠는데요, 다행히 카톡 '가족방'이 있어 연락드렸습니다. '가족방'에 있는 다른 분들은 지금 전화를 받지 않네요. 여기로 가능하면 빨리 와주셔야 하겠습니다."

남편에게 문자를 남기고 파출소로 달려갔다. 파출소 문을 열고 들어서니 벽에 붙은 긴 나무 의자 한구석에 시어머니가 멍한 표정으로 상체를 앞뒤로 왔다 갔다 하며 앉아 있었다. 겉옷도 입지 않고 꽃무늬 블라우스 차림의 어머니는 맨발에 삼다디스 슬리퍼만 신고 있었다. 쌀쌀한 바람이 부는 10월 날씨에 얇은 블라우스만 입고 맨발에 슬리퍼만 신고 오가는 노인을 경찰이 그냥 지나치지 않았다. 몇 마디 물어보고 경찰서로 모셔 왔다고 설명했다. 어머니의 멍한 표정과 날씨에 안 맞는 차림을 보는 순간 심장이 툭 멎는 듯했다.

"어머니, 어디 다녀오시는 길이세요? 저와 집으로 가요. 어머니 겉옷

하고 신발은 어디 두셨어요?"

"나 지금 집에 과자 가지러 가는 길이야. 너는 근무 안 하고 왜 여기 왔니?"

시어머니는 감정의 동요가 전혀 없는 목소리로 말했다. 시어머니한 테 추궁할 일이 아니라 일단 모시고 나와야 했다.

"네에, 그럼 과자 가지러 저하고 같이 집으로 가요."

건네받은 어머니 휴대폰에 '노인회장 송 형님'이라는 이름으로 부재 중 전화가 3번 남아있었다. 김경자 님 며느리라고 소개하고 어머니 행 적을 물었다. 칠십 대 정도일 법한 여성이 흥분한 목소리로 말했다.

"아니 아까 낮에 노인정에서 다 같이 점심 먹고 바로 경자 씨가 집 에 가서 간식거리 가져오겠다고 나갔어요. 근데 영 돌아오지 않아 무 슨 일인가 하여 전화했었어요. 전화도 안 받고, 문자를 남겨도 연락이 없고, 아니 경자 씨 지금 어디에 계신 거야?"

시어머니 상태를 말하기 곤란해 갑자기 볼일이 생겼다고 적당히 얼 버무렸다. 노인회장 말에 따르면 시어머니는 다른 할머니들과 점심식 사를 하고, 2시경 집에 둔 군것질거리를 가져오겠다며 나갔다 한다. 저녁때가 되고 노인정 문 닫을 시간인데도 시어머니가 돌아오지 않아 걱정하던 참이라 했다. 시어머니는 십 년 넘게 살아온 아파트 단지에서 길을 잃고 이리저리 오가다 찻길로까지 나갔다. 아파트 1층 노인정에서 놀이터를 지나 100m 남짓 떨어진 아파트 현관까지 이르지 못했다. 그 길은 시어머니가 눈감고도 다닐 길이었다. 일단 시어머니를 집에 모셔다 드렸다.

"어머니, 제가 노인정에서 어머니 소지품 챙겨올게요. 열쇠 주세요."
"응? 내가 노인정에 두고 온 게 없는데…"

시어머니는 혼잣말을 하며 순한 표정으로 주머니에서 스마트키를 꺼내 주었다. 불이 꺼진 노인정 문을 열고 들어서니 입구에 덩그러니 어머니 운동화가 놓여있다. 온기가 사라진 차가운 운동화일 뿐인데, 주인 잃은 모습이 썰렁하다. 그 옆에는 다른 할머니들이 신다 벗어두고 간 서너 켤레의 삼다스 슬리퍼가 정리되어 있었다. 종착역으로 걸어가는 인간의 발길은 왜 이리 쓸쓸한 것일까. 중학교 시절, 엄마가 새벽부터 아랫목 요 아래 두었다가 학교 가는 나에게 건네주던 따끈한 운동화가 생각났다. 그 온기를 차가운 바람과 바닥에 빼앗기지 않으려 발가락을 꼼질거리며 버스정류장으로 걸어갔었다. 시어머니의 운동화는 이미 온기를 다 뺏겨 차갑고 뻣뻣하다. 시어머니의 맨발에서 긴 하루를 보낸 슬리퍼를 두고 나왔다. 돌아보니 어둠 속에 보이는 세 줄의 흰색 선이 유난히 빛난다.
언제부터 진행되었는지 모르지만 이미 어머니의 치매는 심해져 있었다. 오늘 길을 잃기 두어 달 전의 여름 어느 날, 시어머니가 우리를 부른 일이 있었다.

"늬들 저녁에 좀 건너와라. 날도 더우니 미역냉국 해 먹자. 내 끓여 놓으마."

남편과 나는 시어머니가 준비한 미역냉국을 끝내 얼마 먹지 못했다. 마늘이 너무나도 많이 들어 있어 먹을 수가 없었다. 그게 신호였는데, 그때는 미처 어머니 상태를 눈치채지 못했다. 이제 시어머니는 나의 시어머니였던 '김경자'가 아니었다. 쓰나미가 휩쓴 직후 폐허로 변한 일본 해안 도시의 영상을 본 일이 있다. 치매라는 쓰나미는 시어머니를 그 이전의 모습을 찾아보기 어렵게 만들었다. 시어머니는 어머니였던 시절을 잊었다. 남편은 어머니를 잃었다. 시어머니는 그 뒤로 급격히 건강이 나빠지고 고열과 함께 폐렴이 왔다. 결국은 당신이 그렇게도 사랑한 2남 1녀의 존재조차 가맣게 잊어버리고 세상을 떠나갔다.

시어머니가 치매로 떠나자, 자신을 잊는 것은 누구에게나 닥칠 수 있다는 두려움이 밀려들었다. 내가 꽃을 다루던 시절을 잊어버릴 수 있을지도 모르는 일이었다. 전지가위로 또각또각 화병에 담을 가지를 자르며 시어머니 표정을 떠올렸다. 지금 내 표정도 완벽한 무표정일까 싶어 살짝 미소를 머금고 작업을 했다. 대학에서 사회학을 전공한 나는 사회에 쓸모 있는 사람으로 일할 자신이 없었다. 4학년이 되자 취직을 염두에 두고 다양한 분야를 모색했다. 조급함에 시달렸다. 마침 시대의 변화인지 학위 인플레인지 여러 대학에 문화예술대학원이 설립되었다. 취직이 어려우면 스펙을 쌓는다더니, 나도 대학원에 진학했다. 화훼디자인을 전공하여 석사학위를 받고, 그 전공을 살려 취직을 했다. 취미로 하던 꽃꽂이 실력을 살려 화훼장식기능사로 플라워 숍에 취직하는 데 성공했다.

"밥벌이는 할 수 있겠네."

나는 일단 안도의 큰 숨을 내쉬었다. 그리고 그 일은 지금까지 내 직업이 되고 있다.

주상복합 건물의 지하 1층 상가에 위치한 샵은 '럭셔리 플라워'를 지향했다. 작은 꽃바구니와 부케는 기본이었고, 결혼식과 회갑, 돌잔치 등 가족 행사의 꽃 장식 주문도 줄줄이 이어졌다. 여러 전시회나 기념회 등에 꽃장식 주문도 들어왔다. 지하 1층이라 외부에서는 보이지 않지만, 3층부터 49층까지 있는 고층 아파트의 입주민이 주요 고객이었다. 결혼이나 돌잔치가 호텔 가든에서 열리면 일도 엄청 커졌다. 사실 입주민만 대상으로 해도 일 년 내내 일이 끊이지 않지 싶다. 나는 주 담당이 꽃꽂이 교실의 운영과 강의였다. 수강생은 현재 배우는 학생이면서 동시에 알음알음 새로운 사람을 소개해 줄 고객이었다.

학원 수강생 가운데는 자녀를 한 둘씩 두고 중년으로 접어든 아주머니들이 많다. 주로 종교기관에 봉사할 목적으로 꽃꽂이를 배우는 분들이다. 간혹 힐을 신고 오가는 나를 보면 한 마디씩 건넨다.

"어머나, 선생님은 아직도 하이힐을 신으시네요? 우리는 이제 운동화나 단화 아니면 발도 아프지만, 허리가 아파 못 신어요."
"저는 단화나 운동화조차 이제는 신발 사이즈도 하나 더 크게 사요. 강사님은 아직 젊으시네요."

나도 발도 아프고 허리도 쑤신다. 다만 미소를 지으며 건성 답하곤 했다.

"저도 발 아파요. 퇴근할 때면 퉁퉁 부은 발을 힐에 구겨 넣어야 해요. 하지만 예쁘잖아요. 우리가 만지는 꽃처럼요. 그리고 중간중간 슬리퍼 신어서 괜찮아요."

힐과 슬리퍼를 오가며 종종걸음에 지친 발을 밤이면 뜨끈한 족욕으로 풀어주었다. 무지 외반증까지는 아니어도 내 발은 엄지발가락 관절이 살짝 돌출되었다. 힐을 신은 날이면 여지없이 벌겋게 부어있다. 구두를 살 때도 신어보고 신중히 골라야 한다. 자칫 구두 재봉선이 관절 위를 지나가는 디자인이면 절대 신을 수 없다. 힐이라도 앞이 뾰족하게 좁은 구두는 피한다. 하지만 훌쩍 키가 큰 것 같은 기쁨은 힐이 주는 부담을 기꺼이 감수하게 했다. 내 즐거움을 만끽하느라 치르는 수고이다. 원장은 우리에게 일종의 드레스 코드를 지시했다.

"복장과 화장을 좀 고급스럽게 꾸미고요, 가능하면 신발도 신경 써주세요."

다른 주문은 다 따라도 슬리퍼는 포기할 수 없었다. 강의할 때를 제외하면 대부분의 시간은 눈치껏 국민 슬리퍼 '삼디다스'를 신었다.

오늘은 특별히 화훼장식기능사 실기시험을 앞두고 최종 복습을 위한 원장 특강이 있는 날이다. 현재 수강생은 여고생 1명, 20대 여성과 남성이 각각 한 명, 대부분은 30대 이상의 주부다. 학원 자체 시험으로 민간사범자격증이 발급되므로 다행히 수강생은 꾸준히 있다. 온라인 강의도 많지만, 수강생들은 학원의 대면 수업을 선호했다.

"실기시험은 반복적으로 최대한 많이 연습하는 게 중요해요. 그리고 시간 안에 마무리하는 것 꼭 잊지 마셔야 해요."

화훼장식기사인 나와 다른 여강사가 필기시험 준비와 실기 수업을 집중적으로 진행했다. 바쁠 때는 원장도 직접 실기 수업에 나섰다. 그럴 때면 어쩔 수 없이 슬그머니 구두로 갈아 신었다.

이번 수강생 중에 시간 내 마치는 작업에 어려움을 겪는 60대 아주머니가 있었다. 재료를 정확히 준비했지만 시간을 초과해 화훼장식기능사 시험에 합격하지 못했다.

"내 간절한 소원이 교회 제단을 내가 다듬은 꽃으로 꾸미는 거예요. 나이 들어 손 움직임이 늦어 마무리하다 시간을 놓쳤어요."

눈물까지 보이며 어찌나 속상해하는지 다시 용기를 내도록 내가 공을 많이 들였다. 결국 아주머니는 재료비만 내고 다시 수업을 들어 재도전하기로 했다. 그렇게 열성인 수강생을 보면 내 심장도 뜨듯해진다. 시어머니가 허망하게 떠난 뒤 나는 노년이 되어도 가르치거나 배우거나를 놓지 말자는 강박관념이 생겼다. 심장이 뛰는 일을 놓지 않으며 정신도 놓아지지 않기를 소망할 뿐이다.

원장은 대학에서 원예생명공학을 전공하고 독일 유학까지 다녀온 인재이다. 기업 출강과 협회 활동 등으로 분주한 날을 보낸다. 긴 생머리에 수수한 차림인 그녀는 화려한 꽃을 들고 있을 때 가장 빛나 보인다. 그녀가 주는 것인지, 꽃이 주는 것인지 함께 있으면 나도 에너지를 받는다. 나는 그녀의 꽃꽂이 스타일을 참 좋아한다. 용도에 따라 다르긴 하지만, 색을 많이 섞지 않으면서 특유의 우아함을 연출한다. 내가 닮고 싶은 꽃꽂이 스타일이다. 원장의 특강이 끝나고 시험을 앞둔 수강생 입장과 달리 우리들은 마음이 한결 가벼웠다.

"수업 마무리되었으니, 오늘은 다 같이 회식해요. 제가 일식집을 예약했습니다."

원장의 말에 모두들 가뿐한 발걸음으로 학원을 나섰다. 나도 유달리 발걸음이 아주 편했다. 한여름의 해는 떨어졌어도 콘크리트 지열이 후끈했다. 퇴근길이고 복잡한 곳이라 학원에서 슬슬 걸어 이동하였다.

원장이 예약한 곳은 서초대로를 따라 올라가 강남대로를 만나면 좌측으로 조금 더 걸어가 모퉁이에 자리한 '오즈스시 강남점'이라는 곳이다. 여자 3명이 모였으니 교양을 차리려 노력해도 길거리에서조차 접시가 깨져나갈 지경이었다. 한참을 걸어 식당에 자리하였다. 식사 내내 입담이 좋은 다른 여강사가 남편과의 일화를 어찌나 재밌게 이야기하는지, 옆자리 손님에 대한 배려를 잊을 지경이었다.

"그런 말 들어봤지? 남편은 로또야 로또! 내 남편도 완전 로또야 로또!!"

"어머나! 그래요? 못 들어봤어요. 좋으시겠다. 전 남편 시집살이가 은근 있는데…"

내 말이 끝나기가 무섭게 두 팔을 펴더니 몸부림을 치듯 앞으로 혼들며 말했다.

"안 맞아 안 맞아! 지독하게 안 맞아!"

한바탕 웃지 않을 수 없었다. 따듯한 사케를 곁들인 저녁 식사는 유쾌했다.

"우리 선생님들 애써 주어서 고마워요. 각자의 SNS를 더 적극적으로 활용해 홍보해 주기를 부탁할게요."

원장이 당부했다.

나는 안구건조증이 있어 SNS 활동을 최대한 절제하려 노력하는 중이다. 학원에서 일하는 이유도 상대적으로 컴퓨터 앞에서 보내는 시간이 적기 때문이다. 하지만 영업을 위해 학원 계정과 강사로서의 내 미디어 계정을 수시로 드나들며 관리한다. 개성 강한 여자들이 모인 직장이지만 서로 잘 조화를 이루어 아직은 다닐 만했다. 복잡한 2호선 전철에서 보대끼고, 15분이나 기다려 마을버스에 올랐지만 집으로 향하는 발걸음이 참 편했다. 나에게 할 수 있는 일과 많지 않아도 수입이 있으니 다행이었다.

가벼운 발걸음으로 아파트 현관문을 들어섰다. 남편이 아직 퇴근 전이라 집안이 어둡다. 불을 켜고 신발을 벗는 순간, 그제야 눈에 들어왔다. 내 발등에 빛나는 하얀 세줄, '삼디다스' 슬리퍼! 파출소에서 시어머니 발에 있던 세 개의 하얀 줄을 보았을 때처럼 심장이 툭 떨어졌다.
순간 머리털이 솟아올랐지만, 이내 안도의 숨이 길게 나왔다.

"아…"

학원에 팽개쳐 있을 하이힐을 챙기기 위해 내일은 좀 일찍 출근해야
겠다. 누군가 덩그러니 놓인 내 하이힐을 주인 잃은 쓸쓸한 신발로 느
끼기 전에.

✳

어디쯤에 와 있는지 표지판이 보이지 않는 길을 살살 걸어갑니다. 가만가만 숨을 고르고 14명의 이야기를 썼습니다. 이인삼각처럼 14명의 주인공과 보폭과 속도를 맞춰 걸으며 한 문장 한 문장 이어갔습니다. 혼자 걷듯이 글을 쓰다 보면 주변이 사람 소리로 왁자지껄합니다. 각자의 길에서 살아내는 세상의 여러 나와 내가 어우러져 부딪히고 뭉치다 또 서로의 길을 걸었습니다. 이 글을 읽는 이들도 부디 누군가와 함께 걷고 있으면 좋겠습니다.